ことのは文庫

君と過ごした、さよならの季節

水瀬さら

MICRO MAGAZINE

目次
CONTENTS

君と過ごした、さよならの季節

君のいる図書館

雨はもう、三日も降り続いている。

水たまりに浮かぶ落ち葉をぐしゃりと踏みつけ、柚原瑛太は夏の終わりの並木道を歩いていた。

傘を通して響く雨音も、制服を濡らす水滴も、すべてが忌々しく思える。

だからといって真っ直ぐ帰宅する気にもなれず、いつもは通ることのないこの道を、行く当てもなく歩いていた。自分がいったいなにをしたいのかも、よくわからない。

『瑛太、戻ってこいよ』

瑛太の耳に、さっき学校で聞いた野球部員たちの声が聞こえてくる。

『俺たちやっぱり、瑛太と一緒に試合したいんだよ』

『瑛太だって覚えてるだろ？　中三のとき、みんなで約束したこと』

覚えてるよ。忘れるはずはない。

二年前、瑛太たちが中学三年生だった年。野球部が夏の大会で勝ち進んで、仲間たちと盛り上がった。

そのとき『高校でも一緒に野球しよう』って約束して、ほとんどのメンバーが同じ学校に進学したのだ。

ぎゅっと傘の柄を握りしめ、足を止める。頭の中の声が消え、代わりに傘を叩く雨音が響いてくる。

「でも……ごめん……」

傘の中でぽつりとつぶやく。

みんなとの約束は覚えているけど……もしまた、去年の夏と同じことを繰り返してしまったら……。

「もうこれ以上、誰かの夢を壊したくないんだ」

目の前の歩道を、傘をさした男子中学生がふたり並んで歩いてくる。瑛太が卒業した中学校の生徒だ。

ふたりは学校名の入ったエナメルバッグを肩にかけ、親しげに会話している。

瑛太は傘を傾け足を速める。すれ違った瞬間、中学生が笑い声を上げた。その声が自分に向けられているような気がして、思わず走り出す。

濡れた地面を、スニーカーで強く蹴った。水しぶきが上がり、制服のズボンが濡れる。

透明な傘が揺れ、雨が頬にかかった。

『瑛太！　みんながここまで言ってくれてるのに……いつまで逃げるつもりなのよ！』

聞き慣れた女子生徒の声が頭に響き、瑛太を責める。

「うるさい！　もうほっといてくれよ！」

濡れた歩道を、めちゃくちゃに走った。どんなに走っても、現実から逃げられないって

ることもわかっていたのに――。

「はぁ……」

息を切らして立ち止まる。制服の肩も、伸ばしっぱなしの髪も、雨でしっとり濡れている。

「ここは……」

並木道は、ひと気のない公園へ続いていた。高い木に囲まれた、雨の音しか聞こえない森のような場所。この天気のせいか、少し薄暗い。

そして生い茂る木々の向こうに、ひっそりと建っている建物が見えた。白い壁に緑の蔦（つた）が絡まった、古びた洋館みたいな二階建ての建物だ。

「まだあったんだ……ここ」

そこは瑛太が幼いころに来たことのある、とても小さな図書館だった。

くすんだ緑色に塗られた、木製の扉を開く。

建物の中に足を踏み入れた瞬間、雨音がぴたっと止まり静けさに包まれた。

外観があまりにもレトロなので、もう閉鎖してしまったのではと不安だったが、まだちゃんと開館していた。

あまり広くない館内は、古いけれど整然としている。どこか懐かしさを覚える、独特の匂いがする。

　人はまばらで、カウンターでは司書らしき女性がひとり、パソコンに向かって座っていた。

　図書館に来たのは何年ぶりだろう。最後に来たのは……たしか小学生のころ。本好きなクラスメイトに付き合わされ、嫌々来た。

　あのときは一刻も早く外で野球の練習がしたくて、友だちをせかしていたっけ。

　そんなことを思い出し、瑛太はため息をついた。あまり思い出したくないことを思い出してしまった。

　こげ茶色の年季が入った木の床を歩き、カウンターのそばを通り過ぎる。なんとなく館内を眺めながら、うろついてみる。

　一階は子どもの本と、新聞や雑誌が置いてあるコーナー。

　絵本の棚の前では幼稚園の制服を着た女の子と、その前にしゃがみ込んだ母親らしき人が、おしゃべりしながら本を選んでいる。

　新聞コーナーの丸テーブルで暇そうに新聞を読んでいるのは、ちょっと強面（こわもて）のおじさんだ。

　学生風の人はいないため、自分だけが浮いているような気がして落ち着かない。だけどこのまま家に帰る気にもなれなかった。

本でも読むか……。

図書館に来たのなら、本を読むべきだろう。

瑛太は床と同じ、木製の階段を上ってみる。どれだけ古いのか、踏みしめるたびにぎしっときしむ音がする。広い折り返し階段は、踊り場の窓がステンドグラスになっていて、レトロなランプがオレンジ色の灯りを灯していた。

大丈夫なのかな、ここ。

味がある建物といえば聞こえがいいが、古すぎて少し心配になる。たまたま立ち寄っただけの来館者に、そんな心配されたくないだろうけど。

二階のフロアには本棚がたくさんあり、本がぎっしり並んでいた。

特に読みたいものもなかったが、本棚と本棚の間をぶらぶらと歩く。通路は狭く、人と人がすれ違うのがやっと、というくらい。とにかくスペースのわりに、本の数が多い。

やがて瑛太は、適当なところで足を止めた。

この本、映画化されたやつだ。

見覚えのあるタイトルに惹かれて、なんとなく手を伸ばしてみる。しかし背表紙に触れる手前で息を呑んだ。

瑛太の指先が、細くて白い指に触れている。

誰かが同時に、同じ本に手を伸ばした——それに気づくまでの数秒間は、時が止まったような気がした。

しかしすぐに我に返り、瑛太は慌てて手を引っ込めた。

「す、すみませんっ」

思わず上げてしまった声と同時に、白い指も背表紙から離れる。

隣を見ると、女の子が立っていた。瑛太と同じ高校生くらいの女の子だ。制服ではなく、黒い長袖のワンピースを着ている。

こんな狭い通路で隣に人がいたことに、なんで気づかなかったんだろう。

瑛太も驚いたが、女の子はもっと驚いた表情をしていた。

薄く唇を開き、大きな目をさらに大きく見開いて突っ立っている。まるで宇宙人か幽霊にでも、ばったり出会ってしまったかのように。

瑛太は少し、顔をしかめた。

偶然同じ本に手を伸ばしたからって、そこまで驚くか？　それともこんなところに俺みたいなやつがいることが、そんなに不自然だろうか？

そう思ったら、すぐにこの場から立ち去りたくなった。

「どうぞ。俺はそんなに読みたかったわけじゃないから」

それだけ言って背中を向けたとき、消えそうなくらい、か細い声が耳に届いた。

「あの……」

ゆっくりと振り向くと、女の子が瑛太を見ていた。

肩の下まで伸びた、真っ直ぐな黒髪。肌は白く、唇は淡いピンク色。ほっそりとした体つきから、なんだかすごく儚げな子だなと思った。

少しの間、瑛太をじっと見つめていた女の子だったが、やがてふわりと笑みを浮かべた。

「この本、あなたが読んで？　私は読んだことがあるの。すごくおもしろいよ」

「え……」

女の子が瑛太に向かって、優しく微笑む。

今さら「いえ、けっこうです」とは言えなくなり、瑛太はその本を取り出した。

そういえば以前もこんなふうに、誰かに本を薦めてもらったような気がするけど……小学生のとき一緒にここに来た、本好きのクラスメイトだっただろうか？

ちらりと顔を上げると、女の子はやっぱり瑛太を見て微笑んでいる。誰かからこんなふうに見つめられたことがなかったから、なんだか無性に照れくさくなった。

「じゃあ、この本……借りていこうかな」

「うん。読んだら感想聞かせて」

「え、ああ……いいけど」

「私、雨や曇りの日は、いつもここにいるから」

「雨や曇りの日？」

首を傾げた瑛太の前で、女の子がうなずく。

「待ってるね」

いや、待ってるって言われても……。

「俺、本読むの遅いから、いつになるかわかんないよ？」

「うん、いいよ。またここで会えるまで、待ってる」

にっこり笑う女の子の顔を見て、瑛太は考える。

知らない子だよな？

一瞬、同じ学校の子なのかもと思った。やけに気さくに話しかけてくるからだ。瑛太が知らないだけで、別のクラスの子とか、どこかで見られていたとか？

ちらっと女の子の顔を見る。しかしやっぱり、知らない顔だ。でもなんとなく、懐かしい気がするのはどうしてだろう。

「俺、柚原瑛太っていうんだけど」

「私は真宮栞里」

真宮栞里――その名前を頭の中で三回くらい繰り返したが、やはり覚えはなかった。

「じゃ、じゃあ……またいつか会えたら」

言葉を濁した瑛太に向かって、栞里という子は言った。

「うん。またね」

瑛太は本を抱えて、そそくさとその場を去る。

本棚の角を曲がるとき、ぎこちなく振り向いてみた。栞里は胸のあたりで小さく手を振っている。瑛太はちょっと頭を下げると、早足で階段を下り貸出カウンターに向かった。

カウンターにいた三十代くらいの女性に手続きをしてもらいながら、瑛太はすごく不思議な気分だった。

道端で出会った犬に突然懐かれて困ったような、戸惑いの気持ちが半分、でも残りの半分は、この本を返しにくる日が楽しみな気持ち。

未来がほんの少し明るく感じられたのは、久しぶりのことだった。


瑛太は図書館を出て、小雨の降り続く公園を抜け並木道を歩いた。

都会とも田舎ともいえない中途半端なこの地方都市に、瑛太は生まれたときから暮らしている。駅の周辺は高いビルや、大きな商業施設が立ち並んでいて交通量も多い。しかし少し離れれば静かな住宅街となり、もっと先は山や田畑が広がる田園風景となる。

東京への憧れはあるけれど、出かけてみればなじめなくて、やっぱり地元が一番だと負け惜しみを言ったりする、そんな人々が住む街だ。

並木道をしばらく進むと、車の行き交うバス通りに出る。通りに沿って進んでから、途中の狭い路地に入り、そのまま歩き続ける。やがてあたりは閑静な住宅街になる。

緑色のネットが張られた子ども広場の前を通り過ぎ、さらに進めば、薄暗い中にぽっかりと灯りの灯った小さな店舗が見えてくる。店の前には見慣れた三色のサインポール。瑛太は営業中の理容室の中をちらっと見たあと、細い通路を通り、裏にある住宅の玄関へ進む。

「ただい……」

「ちょっと、瑛太！　どこ行ってたのよ！」

玄関の引き戸を開けた瞬間、甲高い声が響いてきた。言いかけた言葉を呑み込み、顔を上げる。すると腰に手を当て、仁王立ちしている人の姿が見えた。

頭の高い位置で結んだポニーテール。ただでさえ気が強そうな顔をしているのに、獲物を見つけた肉食獣のような目つきで、瑛太のことを睨(にら)んでいる。

瑛太は深くため息をつく。

「べつにどこ行ってたって、姉ちゃんには関係ないだろ？」

目の前で鬼のような形相をしているのは、瑛太より二歳年上で大学生の姉、梨花子(りかこ)だ。

「関係ある！　今日はあんたが夕飯作る当番でしょ？　部活辞めて暇なんだから、さっさと家に帰って支度しなさいよ！」

「……うるせぇなぁ」

「は？　なんか言った？」

「べつになにも」

瑛太は、廊下をふさぐように立っている梨花子を押しのけ家の奥に進む。

「お父さんとお母さんが忙しいから、できるだけ夕飯の支度は私たちがやるって、約束したじゃん！」

「わかってるよ。今から作ればいいんだろ？」

「ちょっと、その言い方なんなの？　瑛太！　待ちなさい！」

梨花子の声を無視して階段を上がり、自分の部屋へ駆け込んだ。

「……はぁ」

バタンッとドアを閉め、深く息を吐く。

たしかに姉とは約束していた。今日は瑛太が夕飯の支度をすると。

瑛太の両親は、この住宅街の中でこぢんまりとした理容室を営んでいる。

体があまり丈夫ではないが、とにかく働き者の父。それを支える、穏やかな性格の母。

バスを使って駅前まで行けば、おしゃれな美容室や理容室がたくさんあるが、年配の人や近所の子どもたちは、髪を切るためにそこまでしない。そのため毎日そこそこお客さんは来ていて、瑛太の家は「床屋の柚原さん」と、この住宅街では親しまれている。

瑛太が小学生のころはクラスメイトの男子のほとんどが、中学生になってからは野球部員全員が、ここで髪を切っていたほどだ。

そんなわけで両親はいつもバタバタしていたから、瑛太が高校生になったころ、姉と決めたのだ。できるだけ家事はふたりで分担しようと。

最初のうちは部活をやっていた瑛太より、大学生の姉のほうが時間に余裕があったため、負担をかけてしまった。でも部活に行かなくなってからは、平等に当番を決めて夕飯の支度をしていた。

ただ最近はそれも、億劫になってしまって……。

「瑛太ー！」

階段の下から梨花子の声が聞こえる。無視してやろうかとも思うけど、姉がものすごくしつこいこともわかっている。小さいころから瑛太は、どうしても姉に逆らえないのだ。

「わかってる！　今行くよ！」

ベッドの上に、背中に背負っていたリュックを放り投げる。

ふとさっき出会った、栞里という女の子の顔が頭に浮かぶ。

『読んだら感想聞かせて』

瑛太はリュックの中から、図書館で借りた本をそっと取り出した。それをぱらぱらっとめくってみる。

『またここで会えるまで、待ってる』

待ってるって……ほんとかよ？　今日初めて会ったばかりなのに？

首を傾げた瑛太の耳に、再び梨花子の怒った声が聞こえてきた。

その日から、瑛太は栞里に薦められた本を読み始めた。

読んでみると思ったよりもずっと読みやすく、久しぶりに読書をした瑛太でも、すらすらと読み進めることができた。

それに本を読んでいる間は、余計なことを考えなくてすむ。だから最初のうちは、現実から逃げるために読んでいた。

しかし次第に物語の内容がおもしろく思えてきて、いつの間にか瑛太は本の世界に没頭していたのだ。

そして一週間後の学校帰り、瑛太は読み終わった本を持ってあの図書館へ向かった。

その日も朝から雨が降っていた。図書館の周辺は公園になっているが、歩いている人はなくひっそりとしている。緑の木々は雨粒に濡れて、地面には水たまりがいくつもできていた。

入り口の扉の前で透明な傘を閉じると、雨のしずくがぽたぽたと足元に落ちた。

『私、雨や曇りの日は、いつもここにいるから』

あれから一週間も経ってしまったが、真宮栞里は今日もここにいるのだろうか。

そんなことを考えて、ぶるぶるっと首を振る。そして心の中で言い訳をする。

いや、べつに、あの子に会うために来たんじゃないから。本を返しに来ただけだから。

でもあの日、『またいつか会えたら』と曖昧にごまかそうとした瑛太に、栞里ははっきりと答えた。

『うん。またね』

心の奥に、小さな期待が芽生える。

瑛太は両開きの扉を開け、図書館の中に足を踏み込んだ。すうっと雨の音が消えていき、本の匂いと静けさに包まれる。

カウンターにはこの前と同じ女性が座っていた。扉と同じ、くすんだ緑色のエプロンをつけている。大学生風の男性の、貸出手続きをしているようだ。瑛太はそばを通り過ぎ、階段に向かって進む。

一階の丸テーブルでは、この前と同じおじさんが新聞を読んでいた。絵本コーナーにも数人の親子連れ。静かな館内に、子どもの声だけがかすかに響いている。

ぎしぎしと音を立てながら階段を上り、迷路のような本棚の間を歩いていると、瑛太の目にこの前と同じ色のワンピースが見えた。

栞里だ。

今日も黒いワンピース姿で本棚の前に立ち、じっと本の背表紙を見つめている、その横顔はなぜか、少し寂しそうに見えた。

瑛太ははやる気持ちを抑えつつ、平静を装って栞里に近づく。

「あの……」

瑛太の声に栞里が顔を上げる。目が合った瞬間、栞里は嬉しそうに微笑んだ。

「柚原瑛太くん」

自分の名前を呼ぶ栞里の声が、胸に心地よく響く。

「俺の名前……覚えててくれたんだ」

「もちろん」

にっこりと笑いかけられ、瑛太は戸惑った。さりげなく視線をそむけ、通学用のリュックの中からこの前借りた本を取り出す。

「えっと、この本……」

静かに声をかけたつもりだったが、思った以上に響いてしまった。通路を通りかかったスーツ姿の男性が、こちらを見て顔をしかめている。

瑛太は肩をすくめて、栞里の耳元でささやく。

「読み終わったよ。おもしろかった」

笑みを浮かべた栞里が、瑛太と同じように小声で言う。

「よかった」

その言葉に、なんだかこっちまで嬉しくなる。

本当はもっと本の感想を伝えたかったが、上手く言葉にできそうになかった。

「ほんとに会えると思わなかった」

「雨や曇りの日はいるって言ったでしょ。今日が雨でよかった」

たしかに雨でよかった。瑛太は心の中で今日の天気に感謝する。

「そっちも学校帰り？」

ちらっと栞里の姿を見る。どう見ても同い年くらいに見えるけれど、制服は着ていない。

制服のない学校に通っているのかもしれないが、そんな学校このあたりにはないはずだ。

すると栞里はこう答えた。

「私、学校には行ってないんだ」

穏やかに微笑む栞里を見ながら、どうして？　という言葉を呑み込む。

そんなことは聞かなくていい。自分だって同じようなものだ。制服を着て毎日学校に通ってはいるが、なんとなく時間が過ぎるのを待っているだけ。勉強をする気なんてなく、クラスメイトとの会話も避けてしまう。もちろん部活だって……。

『瑛太！　みんながここまで言ってくれてるのに……いつまで逃げるつもりなのよ！』

あの声が聞こえてきて、頭を振って追い払う。

「よく来てるんだったらさ、他にもお薦めの本、教えてよ」

瑛太は目の前の栞里に尋ねた。栞里は頬をゆるめて瑛太に答える。

「うん。いいよ」

そう言って微笑む栞里の肌は透けてしまいそうなほど白く、太陽の下で走り回っていた自分とは正反対の世界の人のように思えた。


栞里と小声で話しながら、ひと気のない本棚の間を歩き本を選んだ。

「あの本、読みやすかった？」

「うん」

「だったら同じ作家さんの書いた、別の本も読みやすいよ？　どれもおもしろいし」

「へぇ……」

「それとも、映像化された本が入りやすいかな？」

栞里は小さいころからずっと、この図書館に通っているそうだ。瑛太が「ほとんど読書はしたことがない」と告げると、瑛太に合いそうな本を探し始めた。

館内の椅子やソファーの場所などはもちろん、どんな本がどの場所にあるかも把握しているようで、瑛太は「さすがだな」と感心する。まるで図書館の司書のようだ。

「この本と、この本……あとはあっちの本もどうかなぁ」

栞里が指さした何冊かの本の中から、瑛太は一冊を取り出してみる。

「この本、読んでみようかな」

「私も、その本大好き」

「じゃあ、これにする」

選んだ本を抱えると、スマホで時間を確認した。今日は授業が終わってすぐここに来たから、時間はまだ早い。それに今日の夕飯の支度は、姉の番だ。遅く帰っても、文句を言われることはないだろう。

瑛太はまわりを見渡した。本棚の向こうに、やはり古びた机と椅子が並んでいる。ただひと気はなく、たったひとり眼鏡をかけた品のよさそうなおばあさんが、静かに単行本のページをめくっているだけだ。

「あそこで読もうかな……」

つぶやいた瑛太に、栞里が手招きをした。

「こっちに来て」

「えっ……」

戸惑いながら、栞里のあとをついていく。おばあさんの横を通り過ぎ、部屋の一番奥にある本棚まで進んだ。その本棚の陰になるような場所に、古い木製の扉がある。

「ここ、開けてみて？」

言われるままに、ドアノブに手をかけた。

ギイッ——古びた音とともに、目の前が開ける。

「あ……」

そこからは、二階のベランダに出られるようになっていた。木製のベンチが置いてあるが、やはりひと気はない。手すりの向こうには、雨に濡れた公園の木々が見える。

「こんなところ、あったんだ」

「うん。めったに人が来ない、私だけの秘密の場所なの。ゆっくり本が読めるよ」

そう言って栞里が、いたずらっぽく笑う。

ふたり一緒にベランダに出た。雨の音がしとしとと聞こえるが、屋根があるので濡れることはない。といっても、こんな天気の悪い日に、わざわざ外で本を読む人はいないだろう。

たしかに「秘密の場所」みたいで、ちょっぴりわくわくする。

栞里がベンチに腰かけ、隣を指さす。

「座って、瑛太くん」

「ああ」

本を抱えたまま、栞里の隣に座った。そして厚い雲に覆われた空を眺める。

雨の降り続く外の世界とも、静まり返った図書館の中とも、ここはなんだか違う気がする。別々の場所が交じり合った、不思議な空間。それは本と一緒に生きてきた栞里と、外を走り回っていた瑛太が出会った奇跡のような……。

「ここで本を読むのも、いいかもな」

「でしょう？」

隣に座る栞里を見る。今気づいたが、栞里は本を持っていない。

「栞里……は？」

初めて名前を呼んだ。「真宮さん」「真宮」「栞里さん」「栞里ちゃん」……実はなんて呼ぼうか密かに考えていたのだが、結局どれもしっくりこなくて、いきなり呼び捨てにしてしまったが失礼だっただろうか。

「読まないのか？　本」

瑛太の声に、栞里は静かに微笑んだ。

「私はいいの」

首を傾げる瑛太を、栞里がせかす。

「ねぇ、早く読んでみて？　絶対おもしろいから」

「う、うん」

なんだかめちゃくちゃ読みにくいんだけど……。

瑛太はぎこちなく表紙をめくる。ちらっと隣を見ると、栞里がわくわくした表情で本を見下ろしている。

「あの……もしかして、一緒に読むってこと？」

栞里がはっとした顔つきをする。

「だ、だめかな？」

「べつにだめじゃないけど……」

「私のことは気にしないで。瑛太くんのペースで進んでいいから。私はここから、そっとのぞいているだけだから」

栞里がちょっと体を離し、遠慮がちに目線だけを本に向ける。

これも一種の、本の読み方なんだろうか？　本好きの人の行動はよくわからない。

戸惑いながらも、瑛太はページをめくる。

ふたりだけのベランダに、雨の音だけが響いていた。生い茂った木の葉が、しっとりと濡れている。

最初は落ち着かなかった瑛太だったが、いつの間にか本の世界に入り込み、夢中で文字を追っていた。

自分がこんなに読書に夢中になれるとは、ここに来るまで知らなかった。

ふと、なにかが触れて顔を上げる。瑛太の肩に、栞里の肩がぶつかっている。食い入るように本を見下ろしていた栞里も、はっと気づいたように体を離した。

「ごめんなさい！　つい夢中になっちゃって」

「いや、いいけど」

「私のことは気にしないでいいから！」

そう言われてもなぁ……。

瑛太はページをめくる手を止めて考える。

そういえば小さいころも、こんなふうに誰かと本を読んでいた気がする。絵本を膝の上に広げて、誰かと一緒に……。

懐かしい気持ちがこみ上げてきたけど、記憶は霧のようにぼやけていて、それ以上は思い出せない。

そのとき瑛太のポケットの中で、スマホが震えた。嫌な予感がして手に取ると、メッセージが表示されていた。

【一度ちゃんと話したい】

送り主の名前は「森永明日香（もりながあすか）」。瑛太の高校の、野球部の女子マネージャーだ。

瑛太は素早く指を動かし返信する。

【俺は話すことなんかない】

すぐに既読の文字がつき、メッセージが返ってくる。

【瑛太のバカ！】

その文字と一緒に、猫がブチ切れているスタンプ。

むっと顔をしかめ、スマホの電源を切った。

明日香のせいで、集中力が切れた。

瑛太は本をパタンと閉じて、立ち上がる。

「悪いけど、そろそろ帰るよ」

栞里が一瞬困ったような顔をして、でもすぐに笑顔で答える。

「うん。わかった」

「この本、借りてく」

「じゃあまた読み終わったら、感想聞かせてね？」

瑛太は少し考えてから、言い直した。

「やっぱり借りるのはやめる。また明日ここに来るよ。そんで、ここで続きを読む」

栞里の顔が、ぱあっと明るくなる。まるで雨雲の中から、太陽の光が差し込んだかのように。

「ほんとに？」

「ああ」

あきらかに嬉しそうな栞里の顔。

よくわからないが、きっと栞里もこの本を読みたいのだろう。なぜか瑛太と一緒に。

「俺は帰るけど、栞里は？」

「私はもう少しここにいる」

「そっか」

　よっぽど図書館が好きなんだな。

「じゃあ、また明日」

「うん、また明日ね」

　約束をして扉を開ける。それが閉まる前に振り向いたら、今日も栞里は瑛太に向かって、小さく手を振っていた。


　翌日は学校にいるときから、放課後のことを考えてはそわそわしていた。

　いつもだったら寝ている授業もやけに目がさえてしまって、教師の声を聞きながら窓の外を眺める。

　今日は雨が降っていなかった。だけどどんよりとした曇り空だ。風が吹き、校庭の木の葉が揺れている。

　放課後になったら、あの並木道を走って図書館に行こう。

　今日も栞里はいるだろうか。いや、きっといる。いるに決まってる。

『うん、また明日ね』

　昨日、そう約束したのだから。

授業が終わると、瑛太は急いで荷物をリュックの中に突っ込んだ。それを肩にひっかけ教室を飛び出したところで、いきなり腕をつかまれた。

振り返ると、小柄なショートヘアの女子生徒が怒った顔で立っている。

昨日【瑛太のバカ！】とメッセージを送ってきた、隣のクラスの森永明日香だ。

「どこ行くのよ？」

「帰るに決まってるだろ？」

「話したいって言ってるじゃん」

「話すことはないって言ったはずだ」

言い合いながら、明日香は姉の梨花子にそっくりだなと思う。明日香と話していると、なんだか梨花子に責められているような気持ちになる。

険悪ムードのふたりを、周りの生徒たちが遠巻きに見ていた。冷やかすように笑っている生徒もいる。

瑛太は明日香の手を振り払った。

「いい加減にしてくれよ！　俺は急いでるんだ」

「急いでるってなんで？　どこか行くの？」

「うるさい！　明日香には関係ないだろ！」

背中を向けて廊下を駆け出す。

「ちょっと待ちなよ！　瑛太！」

明日香のよく通る声が廊下に響く。瑛太は放課後の人波にまぎれるようにして、廊下を走る。

「瑛太！　いつまで逃げるつもりなの！」

遠くなっていく明日香の声を聞きながら、ものすごく情けない気持ちになった。

なんで俺、いつも逃げてるんだろう……。

靴を履き替え、どんよりとした空の下へ飛び出す。

グラウンドで部活の準備を始めている生徒たちを横目に、瑛太は走り続けた。


公園に生い茂る木々の先に図書館が見えてきたころ、瑛太はやっとスピードをゆるめた。息を切らしながら、後ろを振り向く。もちろん明日香の姿は見えない。

「……こんなところまで、ついてくるわけないか」

大きく息を吐き出して、図書館の扉を開く。

その途端、心がすうっと落ち着いて、なんとも言えない心地よさに包まれた。

昨日と同じように階段を上がり、二階へ向かう。あいかわらずひと気はまばらで、フロアは静寂に包まれている。

瑛太はきょろきょろと、あたりを見まわす。しかし栞里の姿は見えない。

閲覧席では、今日も眼鏡のおばあさんが本を読んでいる。

もしかして、昨日のあそこにいるのかも。

はやる気持ちを抑えつつ、本棚から昨日読んだ本を取り出した。そしてそれを抱え、昨日と同じようにおばあさんの横を通り、一番奥の扉へ向かう。

ギイッと音を立て扉を開くと、厚い雲に覆われた空とベンチが見えた。そしてそのベンチに、ひとりで座っているのは……。

「栞里」

小さく声をかけると、栞里が振り向いた。

「瑛太くん」

そして瑛太の顔を見て、にっこり微笑んだ。

瑛太は栞里の隣に座った。今日も栞里は本を持っていない。よく考えたら瑛太は、栞里が本を読んでいる姿を見たことはなかった。

「……もしかして、待ってた？」

瑛太が本の表紙を見せると、栞里がくすっと笑った。

「うん」

不思議な子だな、と思う。どうして自分なんかと一緒に本が読みたいのか、わけがわからない。もしかしてこの図書館の本はほとんど読み終わってしまって、暇つぶしに瑛太の読書に付き合ってくれているのだろうか？

「えっと、じゃあ、昨日の続きから……」

瑛太が本をぱらぱらとめくった。ちらっと隣を見ると、栞里が子どもみたいな表情で、嬉しそうにのぞき込んでいる。

心臓が騒ぐのを悟られないよう、瑛太は平然と声を出す。

「たしか、このあたりからだったよな」

「うん、そうそう。主人公が駅に向かう場面だった」

瑛太は昨日の続きを読み始めた。栞里の視線が気になって落ち着かないと思っていたが、すぐにそんなことは気にならなくなった。

物語を読み進めることに、夢中になっていたからだ。

ほんの少し冷たい風が吹き、木の葉が舞い落ちる。公園を歩く子どもたちのはしゃぐ声が、かすかに聞こえてくる。

瑛太がページをめくる。栞里が身を乗り出してくる。肩と肩がかすかに触れ合う。

ドキドキするシーンで瑛太が息を吞むと、隣の栞里も息を吞んだのがわかった。

きっと今、栞里も同じ気持ちなんだろう。すごく不思議な気分だ。

「はぁ……」

一章が終わって、瑛太は思わず息を漏らしてしまった。

「続き、どうなるんだろう」

「私はもう、何回も読んだことがあるんだけど……」

「ちょっと待って！　ネタバレ禁止！」

瑛太が手を広げて栞里に向けると、栞里がくすくすと笑い出した。

「わかってる。言わないよ」

「てか、何回も読んでるのに、すっごい夢中になってるよな？」

「だっておもしろいんだもん」

先がわかっていても、おもしろいものなのだろうか。同じ本を何回も読んだことがない
瑛太には、わからない感覚だった。

「もう少し、読んでいこうかな」

「賛成」

「寒くない？」

ついこの間まで夏のような暑さだったのに。今日は空気がひんやりと冷えて、急に秋を
感じる。栞里は今日も黒いワンピース姿だ。

「大丈夫」

「じゃあ、もうちょっとだけ」

秋の日暮れは早い。栞里がいつも何時に帰宅しているのか知らないが、あまり暗くなるのはよくないだろう。

今が夏だったら……もっと遅くまでここで、本を読んでいられたかもしれないのに。

瑛太がページをめくる。その音がかすかに、ふたりだけのベランダに響く。

いつの間にか栞里は、瑛太に体をくっつけるようにして、文字を追っていた。きっと本に夢中で、そんなこと気づいていないのだろう。

また瑛太がページをめくる。栞里が感心したように、長く息を吐く。瑛太も同じ気持ちだった。

気づけばあたりはすっかり薄暗くなっていて、壁のランプのオレンジ色の灯りだけが、ベランダをうっすらと照らしていた。

「やっべ、もうこんな時間じゃん！」

栞里のために遅くならないようにしようと思っていたのに。すっかり物語にはまってしまった。

「続きは明日にしよう」

本を閉じようとした瑛太を栞里が止める。

「待って、瑛太くん」

そしてポケットの中から、一枚のしおりを取り出した。

「これ、挟んでおこう」

よく見ると、四葉のクローバーが押し花になっている。手作りのしおりらしい。

栞里はそれを本の間にそっとのせる。

「これでよし。また明日読もうね？」

図書館の本にしおりを挟むなんて、どうかと思うけど……。

こんなひと気のない図書館で、誰かがこの本を借りる確率は低いだろう。きっと明日も同じ場所にあるはずだ。

「ああ、また明日」

瑛太がぱたんっと本を閉じると、栞里がにっこり微笑んだ。


暗くなった帰り道を、瑛太はひとりで歩いた。思い切って栞里に「送っていこうか？」と尋ねてみたが「もう少し、ここにいるから」と断られてしまった。

「まぁ、会ったばかりの男に、家を知られるのも怖いよな」

会ったばかりの男……その言葉を、頭の中で繰り返しながら考える。

栞里は俺のことを、どう思っているんだろう。一緒に本を読もうとするくらいだから、嫌がられているわけではなさそうだけど。

『また明日読もうね？』

栞里の笑顔を思い出したら、家へ向かう足どりが心なしか軽くなった気がした。

今日も灯りのついた理容室の前を通り過ぎ、自宅の玄関の引き戸を開ける。するとやたらいい匂いが漂ってきた。

「ただいま……」

これは……梨花子の作る揚げ物の匂いだ。

急いで靴を脱いで廊下を進み、台所をのぞき込む。

思ったとおり梨花子は揚げ物を揚げていて、テーブルの皿の上には鶏の唐揚げが山盛りになっている。

「うわ、うまそう！」

思わず叫んで、手を伸ばそうとしたら、振り返った梨花子に睨みつけられた。

「つまみ食いするなよ？」

「……わかってるって」

瑛太は手を引っ込め背中を向けると、自分の部屋に向かった。でもお腹(なか)がぐうぐう鳴ってしまう。

口うるさい梨花子だが、料理は天才的な腕前なのだ。特に梨花子の作った揚げ物は、さっき見た大皿全部だって食べられる自信がある。

「あー、腹減ったぁ……」

リュックを放り投げ、ベッドにごろんっと仰向けになった。天井を見上げて、お腹を押さえながら、ぼんやり考える。

なんとなく授業を受けて、部活もしないで図書館で女の子と本を読んで、姉の作った夕飯を食べて……あとは風呂に入って寝るだけ。高校に入ったばかりのころとは、大違いの毎日だ。

いい身分だな……と、自分でも思う。

ポケットからスマホを取り出し、切っていた電源を入れる。案の定、明日香からの着信とメッセージが届いていた。

【なんで電話出ないのよ。瑛太のバカ】

激おこ猫スタンプを見ながらため息をつき、ベッドの上にスマホを放り投げた。

わかってる。いつまでもこんなことをしていても、なにも変わらないってこと。

でももう、明日香には関係のないことだ。

「ただいまぁ」

おっとりとした、母の声が聞こえてくる。仕事が終わって、父より一足先に帰ってきたのだろう。といっても、店と自宅は建物の中でつながっているのだが。

「お疲れさま、お母さん」

「今日は梨花ちゃんが、ご飯作ってくれたのー？　助かるわー」

階下で話している声が筒抜けだ。

瑛太はのっそりと体を起こす。

「瑛太ー！　ご飯できたよー」

梨花子の怒鳴るような声が聞こえてきた。


今日の夕飯は家族四人でテーブルを囲んだ。

バイトで梨花子がいなかったり、客の対応で両親どちらかがいなかったりするときも多いから、四人揃ったのは、久しぶりだった。

「梨花子の唐揚げは、本当にうまいなぁ」

父が唐揚げを口にして、満足そうな顔をする。

「でしょう？　お父さん、たくさん食べてね。あ、お母さんも」

梨花子の声を聞きながら、瑛太も箸を伸ばす。

「ちょっと、瑛太。あんたまだ食べる気？」

「まだって……そんなに食ってないだろ？」

「食ってるじゃん！　運動もしてないくせに、食欲だけは運動部並みなんだから！」

瑛太の心を、梨花子が容赦なく刺してくる。父と母は、なにも言わずに食べている。

瑛太が部活に行かなくなって、一年と少し。最初のころは両親もいろいろ言ってきた。

しかし最近はすっかり口を出さない。いつまでもちくちく刺してくるのは、梨花子だけだ。

「瑛太、あんたさぁ、いつまでぶらぶらしてるつもりなの？」

ほら、こんなふうに。父も母も穏やかなのに、どうして娘はこんなにきついんだ？

「お父さんとお母さんだって心配してるんだよ？　それに北斗くんだって」

その名前に、瑛太ははっと顔を上げる。

「北斗くん……いや、北斗先輩に会ったのか？」

「そりゃあ会うよ。近所に住んでるんだし。大学も一緒だしね。あんたは避けてるみたいだけど？」

梨花子の言葉が、またちくりと胸に刺さる。

「北斗くん、部活のことは言ってなかったけど『瑛太は元気か？』って、気にしてるみたいだったよ？」

瑛太は箸を止めた。

「みんながこんなに心配してくれてるのに、いつまでもダラダラして……あんた、恥ずかしくないの？　いい加減、しっかりしなさいよ」

「わかってるよ、そんなこと」

「わかってないでしょ？　わかってないから、いつまでも中途半端なんじゃん！」

テーブルに箸を叩きつけ、瑛太は梨花子を睨みつけた。しかし梨花子のほうが、何倍もの迫力で睨み返してくる。結局目をそむけたのは、瑛太のほうだった。

「ちょっと、あんたたち。夕食の時間に喧嘩しないでよ」

「そうだぞ。梨花子の言いたいこともわかるが」

「だったらお父さんもガツンと言ってやってよ！　私、瑛太見てるとイライラするのよね！　今でもまだ、部活に戻りたいって思ってるくせに！」

ガタンッと音を立て、瑛太は立ち上がった。

「ごちそうさま！」

吐き捨てるようにそう言って、背中を向ける。

「あ、ちょっと、瑛太？　まだ途中でしょ？」

「お母さん！　もうほっときなよ、あんなやつ！」

梨花子の声を聞きながら、階段を駆け上がる。

もうなにもかもが嫌だった。

周りの声も。憐れむような視線も。いつまでもいじけたままの、自分自身も。

翌日は学校を休んでしまった。

母には「頭が痛い」と嘘をつき、梨花子には「仮病に決まってる」とののしられ、布団の中に潜り込んだ。

両親が店に行ってしまい、梨花子が大学に向かうと、家の中は静まり返った。

布団から顔を出し、窓の外を見る。

今日は朝から、雨がしとしとと降り続いている。

窓を流れる雨のしずくが、なんだか涙みたいに見えた。


昼近くになり、瑛太はこっそり家を出た。傘を傾けちらっと店をのぞくと、父は客の髪をカットしていて、母が暇そうなおじさんと世間話をしているのが見えた。

この店は近所のたまり場的な場所でもあり、カットを終えた客がよく母とおしゃべりするために居座っていることがある。

だいたいがテレビのニュースや、近所の噂話。その中によく、自分の話題が含まれていることも知っていた。

『瑛太は今度の試合に出るのか?』

『瑛太のチーム、勝ち進んでるそうじゃないか』

『今度の日曜日は、市民球場まで応援に行くよ』

『瑛太だったら、甲子園も夢じゃないよなぁ？』

高一の夏まではそうやって話題になることを、誇らしく思っていた。みんな瑛太のことを褒めてくれたし、期待されているのもわかっていた。その期待に応えられる実力も自信もあった。なにもかもが上手くいっていたのだ。

それが去年の夏以降、手のひらを返したように瑛太の評判は悪くなった。

『あの試合は残念だったよなぁ』

『せっかく今年はいいところまで行ったのに』

『瑛太のミスがなければなぁ……』

もちろん本人や両親の前で、そんなことを言っていたわけではない。でもこの狭い住宅街の中、悪い噂は瑛太の耳にも伝わっていた。

『もう終わったことだ。気にすることないぞ？』

父はそう言ってくれた。母はいつもどおりにふるまってくれた。

それでも頭の中には鮮明に、去年の夏の大会の、あの一瞬が蘇ってくるのだ。

真夏の太陽。スタンドからの熱い声援。バッターの打った鋭い打球。

捕れると思った。捕れるはずだった。

しかしボールは目の前でイレギュラーバウンドして、瑛太のグラブをかすめていった。

店に向けていた視線をそむけ、瑛太はコンビニに向かって歩き出した。傘を叩く雨の音が忌々しい。

しかしいつもの道を歩きながら、ふと思った。

そういえば栞里は、何時から図書館にいるのだろう。

なんとなく瑛太と同じように放課後になると来ているような気がしたが、学校に行っていないのならいつ来てもいいはずだ。

もしかしたら、会えるかもしれない……。

瑛太は方向転換をし、足を図書館に向けた。


昼過ぎの図書館は、やはりひと気がなく静まり返っていた。カウンターにはいつもの女性がひとり。新聞コーナーにいるおじさんは、まだ来ていないようだ。

平日の昼間、こんなところをうろついている自分に罪悪感を覚えながら、少し背中を丸めて階段を上る。

栞里は来ているだろうか……。

きょろきょろとあたりを見まわすが、それらしき人影はない。瑛太は真っ直ぐ奥の扉へ向かい、それを開いた。

「あっ……」

ベランダのベンチに座り、しとしとと降り続く雨を見つめているのは栞里だった。

「栞里に……会えた」

思わずつぶやいてしまった瑛太の顔を、栞里も少し驚いた表情で見つめる。

「……瑛太くん？　どうして？」

「あ、いや……今日は学校休んじゃって……」

「えっ、どこか悪いの？」

ものすごく心配そうに聞かれてしまい、申し訳ない気持ちでいっぱいになる。

「いやっ、どこも悪くないんだ。ちょっと、その……学校に行きたくないなぁ……なんて」

苦笑いでごまかそうとしたら、栞里が腰を上げ瑛太の前に立った。

「学校に行けるなら、行ったほうがいいよ」

瑛太は笑うのをやめ、栞里を見た。栞里は真剣な顔つきで、瑛太を見つめている。

じゃあ、栞里はどうなんだよ？　そっちだって、学校に行ってないじゃないか。

そう思って、ふと考える。

もしかして栞里は「行かない」ではなく、「行けない」のだろうか。

すると栞里が、ふわっと頬をゆるめて言った。

「でもちょっと嬉しい。瑛太くんに会えて」

「え……」

「まさかこの時間に、会えると思ってなかったから」

少し冷たい風が吹き、栞里の長い髪と黒いワンピースの裾が揺れる。

栞里は今日も同じ服を着ていた。そしてここにひとりで座って、雨を見ていた。図書館に来ているというのに、本は持っていない。

どうしてだろう。あんなに本に詳しいのに……やっぱり図書館の本は、すべて読みつくしてしまったとか？

バカなことを考えて、瑛太はふるふるっと首を横に振った。

「昨日の本、読む？」

栞里に聞いたら「うん」とうなずいた。

「じゃあ、取ってくるよ」

瑛太はもう一度、館内へ続く扉を開いた。

本棚には昨日の本が、同じ場所にあった。手に取って開いてみると、四葉のクローバーのしおりが挟まっている。

やっぱり誰にも借りられていなかった。

ふたりだけの秘密ができたみたいで、瑛太は小さく微笑む。そしてその本を持って、もう一度ベランダへ出る。

ベンチには栞里が腰かけていた。さっきと同じように雨を見つめている。

その横顔は、透けてしまいそうなほど白く透明で……今にもふっと消えてしまうんじゃないかとさえ思えた。

瑛太は本を胸に抱え、わざと明るく声をかける。

「お待たせ！　持ってきたよ」

栞里が瑛太へ振り向き、嬉しそうに微笑む。

瑛太は隣に座り、ページを開いた。栞里が本をのぞき込んで言う。

「うんうん、ここまで読んだんだよね。続きが楽しみだったんだ」

「先に読んでてもよかったのに」

すると栞里が首を横に振った。

「ううん。瑛太くんと読みたかったの」

どうしてそんなことを言うんだろう。不思議に思いながらもそれは聞かずに、瑛太は文字を見下ろす。

かすかに響く、雨の音。体を寄せ合いながら、今日もふたりで本を読んだ。

翌日は久しぶりに、朝から快晴だった。

『学校に行けるなら、行ったほうがいいよ』

昨日の栞里の言葉を思い出し、瑛太は学校に行くことにした。

「あれ、瑛太、今日はサボりじゃないんだ？」

梨花子の嫌味を無視しつつ、朝食も食べずに家を出る。

空は気持ちのよい青空。頭の上から、まぶしい日差しが降り注ぐ。

今日あのベンチで本を読んだら、気持ちいいだろうなぁ……。

明るい図書館のベランダを想像しながら、瑛太は学校への道を駆け出した。


その日は一日がやけに長く感じた。退屈な授業をなんとかやり過ごし、隣のクラスの明日香に見つからないようダッシュで教室を飛び出す。

あれ？　俺、なんでこんなに急いでるんだっけ？

早く、あの本の続きを読みたいから？　たしかにそれもあるけど、それだけじゃない。

昨日別れたあともずっと、栞里の横顔が頭の隅に残っていた。今にも消えてしまいそうな、儚い横顔。

今日も会えるよな？

栞里がそこにいることを、少しでも早く確認したい。

瑛太は並木道を、全速力で走った。まるで、部活をやっていたころのように。

息を切らして図書館に入る。走ってきたそのままの勢いで、古い階段を一段飛ばしで上りかけたところで、二階から下りてきた人に声をかけられた。

「館内は走っちゃだめですよ」

子どもに言い聞かせるような優しい声。それが自分に向けられていることに気づき、瑛太はぴたっと足を止めた。

「図書館では、お静かに」

見上げると胸に本を何冊か抱え、ちょっといたずらっぽく微笑んだ女性が、瑛太の少し上の段で立ち止まっていた。

「あ、いつもの……」

その人は、一階のカウンターにいる司書の女性だった。

つい声を出してしまった瑛太の顔を見て、女性がにっこり微笑む。

「あなたも最近、いつも来てますね？」

気づかれていた？　たしかに館内はひと気がないし、制服を着ている学生はほとんどいないから覚えられてしまったのかも。

「え、えっと……走ってすみません」

ぺこっと頭を下げると、女性がくすくすと笑った。

「そんなに急がなくても、本は逃げませんよ？」

「そ、そうですね……」

もう一度微笑んで、女性は瑛太の横を通り過ぎ、カウンターのほうへ行ってしまった。

長い髪を後ろでひとつに結んだ、化粧っ気のない控えめな感じの人だった。

瑛太は小さく息を吐き、今度は一段ずつ静かに階段を上る。はやる気持ちを、必死に抑えながら。


二階に着くと、本棚から読みかけの本を取り出した。中を確認してみたら、クローバーのしおりが昨日と同じ位置に挟まれている。心の中で「よし」とうなずき、できるだけ落ち着いた足取りで一番奥の扉へ向かう。

途中にあるテーブルでは、眼鏡をかけたおばあさんがいつものように本を読んでいた。瑛太の姿に気づくと、少し頬をゆるめ会釈してくれる。

瑛太も慌てて頭を下げて、ちょっと緊張しながらおばあさんの横を通り過ぎた。

でも自分も、この図書館の一員になれたような気がして、なんだか誇らしい気もする。

瑛太は本を脇に抱え胸を張ると、ベランダへ続く扉を開いた。


扉の外は柔らかい日差しが降り注いでいた。夕暮れには少し早い、でも真昼の太陽よりちょっとだけオレンジがかった色の光。

「あれ？」

しかしいつものベンチに栞里の姿がない。ベランダの隅々まで視線を巡らせても、いつもの黒いワンピース姿が見えない。

「あ、そうか。今日は晴れてるから」

初めて会った日に聞いた言葉を思い出す。

『私、雨や曇りの日は、いつもここにいるから』

ここ最近、毎日会っていたからすっかり忘れていたけど、最初にそう言っていた。たしかにいくら図書館が好きでも、来られない日だってあるだろう。

瑛太は本を手にしたまま、ベンチに腰かけた。暑くもなく寒くもない、澄んだ秋風が吹き抜け気持ちがいい。

「こんなにいい天気なのに……」

本を膝に置き、空を眺める。青く高い空。飛んできた白いボールを、必死に追いかけてきたころの記憶が蘇る。

瑛太はぎゅっと目を閉じた。また思い出したくないことを、思い出してしまった。

でもこうやって生きている限り、嫌なことを忘れるなんて不可能なのだ。

目を閉じた瑛太の頬を、風が優しく撫でる。

忘れられないなら、どうしたらいいいんだろう。

『いつまで逃げるつもりなのよ！』

わかってる。本当はわかってるんだ。

全部受け入れて、前に進まなくてはならないってこと。

それなのに――。

目の奥が熱くなって、さらに強く目をつぶった。

青い空も、白い雲も、まぶしい日差しも、爽やかな風も……全部見たくない、感じたくない。

また雨が降ればいいのに。雨が降って、閉じられた世界の中でひっそりと生きていければいいのに。

ぼんやりとする意識の中で、ただひたすらそんなことを思っていた。

「あのー、そろそろ閉館時間なんですけど」

柔らかい声が聞こえて瑛太ははっと目を開ける。いつの間にかあたりが暗くなっている。

「えっ、もしかして俺……寝てました？」

大きく体を動かしたせいで膝の上から本が落ちそうになり、慌ててそれをキャッチする。

「寝てましたよ？　ぐっすりと」

ベンチに座る瑛太を上から見下ろし、司書の女性がくすっと笑う。

首から下がったネームホルダーに『さき』とひらがなで名前が書いてあるのが見えた。うさぎのイラストも描かれてあるから、子ども向けなのかもしれない。

そういえば一階の児童書のコーナーに『おはなし会のお知らせ』という、うさぎのイラスト入りのポスターが貼ってあったっけ。

「こんなところで寝てると、風邪ひきますよ？」

「はい……すみません」

なんだかこの人には、謝ってばかりだ。

隣を見てみるが、栞里の姿はない。やっぱり今日は来なかったのか。

するとさきという女性が、手すりのほうへ向かって歩き出した。そして大きく伸びをする。

「ああ、ここ。やっぱり気持ちいいなぁ……」

ひとりごとのようにそう言って、手すりから外を眺める。

暗くなっているため景色がいいとは言えないが、締め切った館内と比べれば開放感があって心地よい場所だ。

「好きだったなぁ……私もこの場所」

「そうなんですか？」

ベンチに座ったまま、声をかける。さきが振り向いて、小さく微笑んだ。

「ええ。司書になる前から、この図書館にはよく通っていたんです」

「へぇ……」

「このベランダに来る人は少なくて……私は『秘密の場所』って呼んでたの」

「秘密の場所……」

たしか栞里もそう言っていたっけ。

「だからこの図書館がなくなっちゃうのは、すごく寂しい」

「え？」

瑛太は思わず声を上げた。

「なくなっちゃうんですか？　ここ」

「そうよ。見たとおり、老朽化がひどいでしょ？　そこがいいって言ってくれる利用者さんも多いんだけどね。今年いっぱいでここは閉鎖、図書館は駅前の商業施設の中に移転して、そのあと取り壊されることになってるの」

「そうだったんだ……」

瑛太にとっては最近訪れるようになったばかりの場所だけど、なくなってしまうと聞くとやっぱり寂しい。

「そろそろ閉館なんで、帰る支度をしてくださいね」

「わかりました」

さきがもう一度微笑んで、館内に入っていく。

「今日は一ページも読めなかった……」

膝に置いた本を見下ろし、ため息をついた。

でも栞里が来たとき一緒に続きが読めるから、まあいいか。きっと栞里だって、それを望んでいるはずだ。

立ち上がって館内に戻り、本棚に向かいながら考える。

だけど明日も、栞里がここに来なかったら……明後日も、その先も、来なかったら……。

本をしまう前に、そっとページをめくってみた。栞里が持っていた、四葉のクローバーのしおりが挟まっている。

「いや、絶対また、ここで会える」

でもこの場所がなくなってしまったら、どうなるんだろう。

そんなことをぼんやり考えてから、瑛太は本を閉じ、いつもの場所にしまった。

翌日は午後から雨が降ってきた。グラウンドを濡らしていく雨を眺めながら、瑛太はそわそわしていた。

もちろん今日も、授業が終わったらすぐに図書館へ行くつもりだ。

放課後をこんなに待ち遠しく感じられるなんて、自分でも信じられなかった。

授業が終わると、瑛太は素早くリュックを背負い教室から飛び出す。しかしそこに、明日香が立っていた。

「瑛太。待ってたよ」

「明日香……」

瑛太は顔をしかめ、明日香の横をすり抜けようとする。そんな瑛太の腕を、ぐっと明日香がつかんだ。

「来週、北斗先輩が、野球部に顔出してくれるって！」

北斗先輩――その名前に瑛太は足を止め、思わず明日香の顔を見た。

「新チームの様子を見に来てくれるんだけど」

そこで一回言葉を切ってから、明日香は瑛太の顔をじっと見つめて言う。

「瑛太はどうする？」

「どうするって……」

明日香の視線が痛い。瑛太はすっと視線をそらし、声を押し出す。

「俺が……会えるわけないじゃないか」

「あっそ」

明日香の手が、あっさりと瑛太から離れた。

「じゃあそう伝えとくけど……北斗先輩は会いたいと思うよ？　瑛太に」

それだけ言うと、明日香が背中を向けて隣のクラスに帰っていく。瑛太は黙ってその後ろ姿を見送る。

会えるわけない。北斗くんの夢を壊してしまったのは、この俺なんだから。

心の中でつぶやくと、瑛太はゆっくりと廊下を歩き出した。


いつもの並木道を歩きながら、瑛太の頭に幼かったころの記憶が蘇ってきた。

あれは瑛太が小学校低学年のころ。ふたつ年上で幼なじみの北斗と、瑛太の家のテレビで、夏の高校野球中継を観ていたときだ。

ホームランを打って大歓声が巻き起こった場面を見て、北斗が言った。

「俺は絶対、甲子園に行くんだ！」

北斗は、近所の子ども広場で練習している少年野球チームに入っていて、野球が上手いと評判の少年だった。そんな北斗に誘われて、野球を始めたばかりの瑛太も叫んだ。

「俺も行く！」

夏休みの午後。テーブルの上の冷たいジュース。窓辺にかかった風鈴の音。エアコンはついていなくて、扇風機が回っていたのを覚えている。

「瑛太には無理だよ」

ジュースを飲みながら、梨花子が口を出す。

「うるさいな！　姉ちゃんは！」

「いじけ虫の瑛太が、甲子園なんか行けるわけないじゃん。すぐ泣くくせに」

「いじけ虫って言うな！　悪口言ったら、お母さんに言いつけるから！」

「は？　悪口じゃないし。本当のこと言っただけだもん」

「きょうだい喧嘩はやめろよ。それより瑛太。あとでキャッチボールしよう」

横から北斗が助けてくれる。

「うん！　する！　北斗くんと、キャッチボールする！」

あのころはただ、野球をするのが楽しくて。北斗に、いろんなことを教えてもらえるのが嬉しかった。

だから中学でも北斗と同じ野球部に入部して、高校も北斗のいる、このあたりでは野球が強いと評判の高校に、中学の野球部仲間と一緒に入学した。

そして初めての夏。瑛太は一年生にして、レギュラーとして試合に出られることになったのだ。もちろん北斗と一緒に。

『俺は絶対、甲子園に行くんだ！』

そしてその年は、三年生だった北斗にとって、幼いころの夢が叶うかもしれない最後のチャンスだった。

三年生のために、北斗くんのために。俺がやってやる。

怖いものなんてなかった。なんだってできると思っていた。それだけの練習を重ねてきたし、自分には実力があると信じていた。

チームも調子が乗っていて、地方予選は順調に勝ち上がっていた。創部以来初の快進撃に「まさか」「でもありえるかも？」と、周りの期待も高まっていた。

それなのにあの一瞬、誰もが捕れると思った打球を、瑛太がはじいた一瞬で、チームはあっけなく予選敗退。北斗たち、三年生の夏が終わったのだ。

北斗を始め、先輩も同級生も、誰も瑛太を責めたりしなかった。記録上は「エラー」ではなかったし、「あれは仕方ない」「不運だった」と、仲間たちは言ってくれる。

けれどそれが余計に、瑛太にとってはつらかった。内心、よく思っていない部員だっていたはずだ。

なんといっても、陰で悔し涙を流していた北斗の姿を見てからは、今までどおり何事もなかったかのように野球を続けることは無理だった。

だから逃げたのだ。逃げて、自分が楽になりたかったのだ。

一年以上経っても、ちっとも楽には、なれなかったけど。

いつもより時間をかけて、やっと図書館にたどり着いた。カウンターではさきが、小さい子どもと話している。そのそばを静かに通り、なるべく音を立てないよう気をつけながら階段を上る。

　昨日、一ページも読めなかった本を取り出すと、読書中のおばあさんの横をぺこっと頭を下げて通り過ぎ、一番奥の扉へ向かう。

　雨音の響くベランダのベンチには、栞里がひとりで座っていた。

「……栞里」

　瑛太の声に栞里が振り向く。そしてにっこりと笑顔を見せる。

「瑛太くん」

　嬉しいはずなのに、心の奥がもやもやするのはなんでだろう。

「昨日、来なかったんだな？」

　つい聞いてしまったら、栞里は申し訳なさそうな顔をした。

「ごめんね？　来られなくて」

「いや、べつにいいんだけど。約束したわけじゃないし」

　そうだ。毎日ここで会おうと、約束したわけではない。瑛太が勝手に来ているだけなのだ。

　瑛太は栞里の隣に座った。そして膝の上にのせた本をぼんやりと見下ろす。

「瑛太くん？」

　栞里の声に、はっと顔を上げる。

「今日、なんだかいつもと違うね？」

「え？」

「なにか考えごとしてるみたい」

「いや……そんなことないよ」

すっと視線をそらして、本をめくる。クローバーのしおりが挟んであるページを開く。

「昨日、読まなかったの？」

「ああ、うん。昨日は寝ちゃって」

「寝ちゃった？」

「うん、ここで。天気よかったから、気持ちよくて。気づいたら閉館時間であせったよ」

栞里がくすくすと笑う。その笑顔を見ているうちに、なんだか気分が落ち着いてきた。

「じゃ、読もうか。続き」

「うん、読もう」

静かな雨音の響く中、ふたりで寄り添うようにして本を読む。

ここは、誰の邪魔も入らない安全な場所。ここにいれば、責められることも、追い詰められることもない。嫌なことは思い出さず、難しいことは考えないで、本の世界に入りこんでしまえばいい。

ちらりと隣を見ると、夢中になって本を見下ろしている栞里の顔が見えた。

本当に本が好きなんだな……。
瑛太は指先で、そっとページをめくる。
そういえば栞里は、この図書館がなくなってしまうことを知っているのだろうか？
知ったらきっと、さきと同じように寂しがるだろうな。
そんなことを少し思って、またページをめくった。
ふたりだけのこの時間が、永遠に続けばいいのにと願いながら。

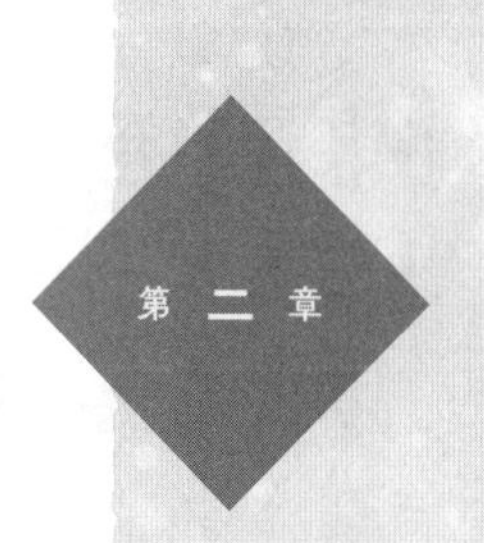

君を知りたい

その日も授業が終わると、瑛太はひとりで校舎を出た。

空は晴天。ちらりと見たグラウンドでは、運動部の部員たちが部活の準備を始めている。

『来週、北斗先輩が、野球部に顔出してくれるって！』

明日香の声が頭に浮かぶ。今日はＯＢの北斗が部活に来る日だ。

一瞬止めた足を、再び動かした。

会えるわけない。だいたい俺はもう、野球部じゃないんだし。

そのまま後ろは振り向かず、瑛太は真っ直ぐ図書館へ向かった。


いつもの本を手に取って、館内からベランダへ出る。

ベンチに栞里の姿はない。瑛太は本を抱えたまま、ひとりでベンチに腰かける。

この図書館に訪れるようになって、二十日近く。平日の放課後はもちろん、土日も図書館に通うようになっていた。

栞里に会えた日はここで一緒に本を読み、会えない日はただぼうっと時間をつぶす。

でも瑛太は栞里のことをよく知らない。教えてくれたのは名前と、瑛太よりひとつ年上の十八歳ということ。それから『晴れている日は図書館に来ない』ということだけ。

どこに住んでいるのか。何時からここに来ているのか。どうして学校に行っていないのか。聞きたいことはたくさんあるのに、なぜか聞けない。

それにどうして『晴れている日は図書館に来ない』のかもわからない。

天気のいい日はなにか用事があるのだろうか。

そして思ったとおり、一日中晴れ予報の今日、栞里はここに来ていなかった。しかも秋晴れは、今日で連続三日目だ。瑛太は三日も栞里に会っていない。

「なにか運動でもしてるのか？」

ぼんやりと空を見上げながら考える。

でも肌が真っ白で、見るからにか弱そうな栞里が、晴れ渡った空の下でスポーツをしている姿はイメージできない。

「じゃあ……バイトでもしてるとか？」

学校には行ってないと言っていたから、仕事をしているということも考えられる。

「あー……わっかんねぇ……」

髪をぐしゃぐしゃとかき回し、膝の上で閉じたままの本を見下ろす。

聞けばいいのに。栞里に「なんで？」って聞けばいいのに。

それなのに聞けずに、こうやってぐだぐだ考えているだけの自分が嫌になる。

「雨、降らないかなぁ……」

青い空をもう一度見上げて、瑛太はぽつりとつぶやいた。

その日も本は一ページも読まず、ただぼんやりと時間をつぶし、瑛太は図書館を出た。

空は夕焼け色に染まっている。今日は家に帰って夕飯の支度をしないと、またあの鬼姉貴に怒られる。

そう思って少し足を速めたとき、瑛太の背中に声がかかった。

「瑛太！」

住宅街の中で立ち止まる。ゆっくりと振り向くと、久しぶりに見る懐かしい顔が見えた。

「北斗く……いや、北斗先輩……」

途端に心臓がざわつき始める。呆然（ぼうぜん）と立ちつくす瑛太に駆け寄り、北斗は穏やかに微笑んだ。

「久しぶりだな」

「……はい」

「今、野球部に顔出してきた帰りなんだ」

知ってる。明日香に聞いていたから。

うつむいた瑛太に向かって、北斗が言う。

「なぁ、瑛太。ちょっと子ども広場寄って行かないか？」

北斗の指先が、子どものころよく遊んだ、ネットで囲まれた広場をさしている。

「たまには俺に、付き合ってくれよ？　な？　瑛太」

逃げ出したい気持ちでいっぱいだったのに、瑛太は黙ってうなずいていた。

「懐かしいな、ここ。久しぶりに来たよ」

夕暮れの広場はひと気がなく、数人の子どもたちが自転車にまたがり、ちょうど帰っていくところだった。

ネットが張られたこの広場では、ボール遊びや少年野球の練習ができる。そして端っこには、ブランコだけがぽつんとあった。

北斗は真っ直ぐブランコまで歩くと、向かって右側のブランコに腰かけた。

「瑛太も座れよ」

「……はい」

北斗に勧められるまま、瑛太はおずおずと北斗の隣、ふたつあるブランコの左側に座る。

「そこ、瑛太の定位置だったよな」

たしかにそうだった。野球の練習のあと、いつも北斗が右側、瑛太が左側のブランコに座った。そしてどっちが高くまでこげるか競争したり、どうでもいいことをしゃべって、笑い転げたりしていた。

北斗は懐かしそうにつぶやいたあと、瑛太の顔をのぞき込むようにして言う。

「俺、瑛太がちっこいころから、ずっと遊んでやってたのに、避けられてるのはちょっと悲しいなぁ」

「あっ、いや、避けてるわけじゃなくて……」

慌てて顔を上げた瑛太を見て、北斗が笑っている。

「避けてるわけじゃない？　じゃあどうして最近急に会わなくなったんだろうな？　こんなに近くに住んでるのに」

瑛太は黙り込んだ。なにも言い返せない。北斗を避けていたのは、本当なのだから。

学校へ行くときは、北斗と家を出る時間がかぶらないように気をつけた。近所のコンビニに出かけるときは、北斗の家の前を通らないよう遠回りをして……。

どう考えても、わざとらしいことをしていたなと思う。

「……すみません。避けてました」

「ははっ、やっぱりな」

北斗の笑い声が、誰もいなくなった広場に響く。瑛太はブランコのチェーンをぎゅっと握りしめ、唇を噛む。

「なぁ、瑛太？」

そんな瑛太の耳に、北斗の声が聞こえてきた。

「あの日のことは、俺も俺以外のメンバーも、もう過去のことだと思ってる。そりゃあ、あのときは悔しかったけど、もうみんな前に進んでいるんだ。いつまでも立ち止まったままなのは、瑛太、お前だけだと思うぞ？」

北斗はいつだってそう言う。北斗以外の先輩たちだって、みんないい人ばかりだった。誰も瑛太を責めたりしない。だからこそ、そんないい人たちを差し置いて、自分だけがいい思いをしたくないのだ。

「それに俺からしたら、瑛太がうらやましいよ。お前にはまだチャンスがあるじゃん？」

「いいんです。俺はもう、野球はやりません。一年でレギュラーになれたからって、思い上がってたんだ。俺、どこかで他のメンバーのこと見下してた」

胸の奥にくすぶっていた気持ちを言葉にしたら、止まらなくなった。

「誰かがミスしたときは、ありえないって思ってた。大事な場面でなにやってんだよ、下手くそがって、バカにしてた。だからまさか自分があんなミスするとは思ってなくて……全部いい気になってた、俺のせいなんです。こんなやつがまたみんなと一緒に、野球やる資格なんてない」

そこまで言って息を吐き出す。すると突然北斗が立ち上がった。そして瑛太の後ろに回り込み、背中のリュックを乱暴にひったくる。

「うわっ、なにするんですか！」

後ろに倒れそうになった体を、なんとか立て直し立ち上がった。北斗はそんな瑛太の声を無視して、勝手にリュックを開け中をのぞき込んでいる。

「ほ、北斗くんっ！　なにやって……」

「あった」

北斗がリュックからなにかを取り出し、いたずらっ子のように、にやっと笑う。

「これを持ち歩いてるってことは、それでも野球部に戻りたいってことだよなぁ？」

「う……」

北斗が手にしているのは、瑛太のグラブだった。

「明日香に聞いたんだ。瑛太のやつ、毎日リュックにグラブ入れて持ち歩いてるって。本当は部活に戻りたいくせに、戻るきっかけを逃して、いつまでもぐだぐだしてるって」

「……明日香め」

悔しそうにつぶやいた瑛太を見て、北斗がまた笑った。

「お前の仲間にも全部バレてるよ。それでお前のことを、待ってくれている」

うつむいた瑛太の胸に、北斗がグラブを押しつけた。

「今日は俺も持ってるけど……キャッチボールでもするか？」

「……しません」

「ははっ、強情だなぁ。まぁ、そういうところ、嫌いじゃないよ」

北斗の手が、瑛太の髪をぐしゃぐしゃとかきまぜた。

「こ、子ども扱いしないでください！」

「は？　お前、自分のこと、子どもじゃないとでも思ってんの？　周りのみんなに子ども扱いされてるからこそ、そうやって甘ったれてても、許されてるんだろうが？」

瑛太は思わず、北斗を睨みつける。しかし北斗はちっとも動じず、にやにや笑っているだけだ。

「でもいい加減にしないと、そろそろ明日香と梨花子に、ダブルでぶん殴られるぞ？」

最後にぽんっと頭を叩くと、北斗は自分の荷物を肩にかけた。

「じゃあな」

去っていく北斗の背中を、黙って見送る。

どうせ、俺は子どもだよ。いつまでたっても、北斗くんみたいにはなれない。

「くそっ」

瑛太はグラブを抱えたまま、足元の砂利を思いっきり蹴飛ばした。


「あれぇ、あんた今日はいたんだ」

土曜日の昼近く、自分の部屋から出てきた瑛太に、梨花子が嫌味っぽく言った。

「いちゃ悪いかよ」

冷蔵庫を開けて、なにか食べ物はないか物色しながらつぶやく。

「だってあんた先週は、急いで出かけて一日中帰ってこなかったじゃん？　土曜日も日曜日も」

「用事があったんだよ」

「へぇー、一年以上、週末は引きこもり状態だったあんたが用事？　用事ってなによ？」

「あー、もう、うるさい！」

冷蔵庫をバンッと閉める。結局食べられそうなものはなかった。

「出かけてくる」

「今日の夕飯当番は、瑛太だからね」

「わかってる」

家にいても姉がうるさいから、外へ出る。

「……でもなぁ」

見上げた空は青く澄んでいる。筆で、すーっと描いたような、透き通った雲が見える。

今日、栞里はきっと図書館に来ない。きっと今日も会えない。

はあっとため息をつき、なにげなく理容室の中を見る。店内では両親が、今日も客を相手に働いていた。

手際よく髪をカットしている父と、笑顔で客に話しかけている母。

そんなふたりから目をそらし、瑛太は重い足を引きずるようにして歩き出した。

「やっぱり、いないか」

どうせいないだろうと思っていても、行く場所のなかった瑛太は、結局図書館を訪れていた。

週末の館内は、いつもと少しだけ雰囲気が違う。

ベランダからフロアに戻ると、調べ物をしたりノートになにか書きこんだりしている、学生らしき人たちの姿が見えた。わざわざ休みの日に勉強をしにくるとは、なんて偉い人たちなんだ。

「あら、あなた」

背中に声をかけられ、振り向いた。

「今日も来てるの？　偉いわねぇ」

瑛太の前に立っていたのは、いつも本を読んでいるおばあさんだった。小柄なおばあさんは、瑛太のことを見上げている。

「いや、べつに俺は偉くないです」

慌てて首を振る瑛太の前で、おばあさんは上品に微笑む。

「偉いわよ。毎日図書館で本を読んでいるなんて、感心だわ」

うふふと笑って、おばあさんはいつもの席に行ってしまった。瑛太はぼんやりと立ちつくす。

全然偉くなんかないんだよ。俺はおばあさんが思ってるような人間じゃない。

本を抱えた中学生くらいの女の子がふたり、瑛太の横を通り過ぎていく。なんとなくここにいるのがいたたまれなくて、瑛太は図書館を出た。

「なにやってるんだろうな、俺……」

週末だからか図書館のある公園は、家族連れや近所の子どもたちで、めずらしく賑わっていた。暑くもなく寒くもないこの季節、外で過ごすのにちょうどよいのだろう。しかも空は秋晴れだ。

それなのに、瑛太の気分は重くなるばかり。

だだっ広い芝生広場の端にあるベンチに、ひとりで腰を下ろす。走り回る子どもたちの歓声が、耳に響く。

ぼんやりと目の前の人たちを眺めていたら、昨日言われた言葉を思い出した。

『お前、自分のこと、子どもじゃないとでも思ってんの？』

膝の上の手を、ぎゅっと握る。

『周りのみんなに子ども扱いされてるからこそ、そうやって甘ったれてても、許されてるんだろうが？』

もうやめてくれ。なにも聞きたくない。

図書館に来れば、栞里に会えれば、こんな気持ちにならなかったはずなのに。

「なんでいないんだよ」

青い空に向かって、八つ当たりをする。

そのときだ。子どもたちのひときわ大きな歓声が聞こえたと思ったら、瑛太の足になにかがぶつかった。見下ろすと、どこかから転がってきたピンク色のゴムボールが、足元に転がっている。

「あっ、やっちゃったぁ」

「どこ投げてるんだよー」

グラブを持った子どもたちが言い合っている。キャッチボールしていたボールがそれて、ここまで転がってきてしまったらしい。

瑛太は手を伸ばすと、ボールをつかんだ。懐かしい思い出が、一瞬で蘇ってくる。

瑛太のキャッチボールの相手は、いつだって北斗だった。

「すみませーん！」

ひとりの子が、グラブを高く上げて叫んでいる。どうやら投げ返してほしいらしい。

瑛太はボールを握って、立ち上がった。肘を上げて投げ返そうとした瞬間、あの記憶がフラッシュバックする。

目の前に飛んできて、捕れなかったボール。

歓声と落胆のどよめき。

悔やんでも悔やんでも、二度と戻れないあの夏の日。

瑛太はそのまま腕を下ろした。グラブを上げていた子どもが、不思議そうに駆け寄ってくる。

「あの……」

「ほら」

瑛太はボールを子どものグラブにのせた。そして顔をそむけると、黙って歩き出す。

「あ、ありがとうございました！」

子どもの声を背中に聞きながら、虚しい気持ちでいっぱいになった。


「瑛太ー？　ご飯いらないのー？」

階段の下から母の声がする。

「もうー、ほっときなよ、お母さん！　あいつご飯の支度もしないでさ！　ほんと、どうしようもないんだから！」

梨花子が怒っている声も聞こえる。

公園から帰るなり布団に潜り込んだ瑛太は、夜になっても部屋に引きこもっていた。

「しょうがないわねぇ……瑛太ー、お腹すいたら適当に食べなさいよ」

そういえば、朝からなにも食べていなかったことに気づく。

「……腹減った」

布団を蹴飛ばし、仰向けになる。お腹を押さえたら、ぐうっと音が鳴った。

こんなどうしようもない人間でも、腹が減るってことに腹が立つ。

お腹が減りすぎて、朦朧(もうろう)としてきた頭に北斗の声が浮かぶ。

『でもいい加減にしないと、そろそろ明日香と梨花子に、ダブルでぶん殴られるぞ?』

「あー、もう! ほっといてくれよ!」

イライラして、再び布団を頭からかぶった。

そしてそのまま、翌日も部屋に閉じこもっていた。

外は五日連続の秋晴れだった。


週明けは朝から曇り空で、午後になると雨が降ってきた。

永遠と続くのかと思うほど長い授業が終わり、瑛太はのろのろと教室を出て、図書館に向かう。

透明な傘に落ちる雨の音。地面にできた水たまり。

きっと今日は栞里に会える。

嬉しいはずなのに、足取りは重い。

北斗に言われたことが心に引っかかって、ずっと気分が晴れないのだ。

図書館に入ると、静かに階段に向かった。新聞コーナーのおじさんが、新聞を広げたまま退屈そうにあくびをしている。

二階に着いたら本棚から本を取り出し、ベランダに出る。

思ったとおり栞里はベンチに座って、じっと雨を見つめていた。

「栞里」

声をかけると、こっちを向いた栞里が嬉しそうに微笑んでくれる。

「瑛太くん」

なんでだろう。栞里の顔を見ても、やっぱり胸の奥がすっきりしない。

「……久しぶりだな」

「うん、ごめんね？　なかなか来られなくて」

「いや、いいんだけど」

栞里の隣に座って、本を膝に置く。そして少し考えてから、思い切って聞いてみた。

「天気がいい日は……なにかしてるの？」

「えっ……」

栞里が目を見開いて、瑛太を見つめる。

「晴れてる日は、図書館に来れないって言ってたけど……なにか用事でもあるのかなって思って……」

「そういうわけじゃないんだけど……」

栞里は困ったようにうつむいてしまった。

はっきり言ってくれないってことは、きっとなにかを隠しているんだ。

そう思ったら、さらに胸の奥がもやもやしてきて、つい冷たい態度を取ってしまう。

「まぁ、べつにいいんだけどさ。言いたくないことは言わなくても。俺だって、言えないことたくさんあるし」

というか、自分のことは、ほとんど話したことがない。

ふたり、ここで同じ本を読んで同じ時間を過ごしても、お互いのことはなにも知らないのだ。

それなのに、栞里だけを責めるような言い方をしている自分は、なんてずるい人間なんだろう。

閉じたままの本を見下ろした瑛太に、栞里が言う。

「そうだね。私も瑛太くんのことはなにも知らない。でも瑛太くんが元気な子ってことは知ってるよ？」

「え？」

隣を向くと、栞里が微笑んだ。

「本当は本を読むより、外で走り回るのが好きな、元気な子なんだって」

「それは……まぁ、子どものころはそうだったけど……」

「今は違うの？」

「今は……」

深く息を吸い込んでから、言葉を吐き出す。

「今は本を読むほうが楽しいんだ」

「本当に？」

栞里の言葉に、瑛太の胸がちくっと痛む。

「瑛太くん。時々、違うこと考えてるよね？」

「え？」

「私は本を読むのが好きだけど……それと同じように、瑛太くんにも好きなことがあるんでしょ？」

栞里が真っ直ぐ瑛太のことを見つめている。

「好きなこと……」

その瞳を見ていたら、つい口から声が漏れた。

「俺……野球をやってたんだ」

本の上で、ぎゅっと両手を握る。

「小さいころからずっと……中学でも、高校でも。だけど去年の夏、大事な試合でミスって……俺のせいでチームが負けた」

瑛太は深く息を吐く。琹里は黙って、瑛太の声を聞いている。

「みんなは気にするな、戻ってこいって言ってくれるけど……今さら戻れるわけないし、もう誰かに迷惑はかけたくない」

瑛太は顔を上げて、琹里に言う。

「だからもういいんだ。ここで本を読むの、楽しいしさ」

「それでいいのかな」

琹里の声にはっとする。

「私、瑛太くんは、今も野球が好きなんだと思う。だからこんなに悩んでるんじゃないのかな？」

瑛太は横に置いたリュックをちらっと見る。

『これを持ち歩いてるってことは、それでも野球部に戻りたいってことだよなぁ？』

瑛太の耳に、北斗の言葉が聞こえてくる。

『周りのみんなに子ども扱いされてるからこそ、そうやって甘ったれてても、許されてるんだろうが？』

もしかして栞里からも、子ども扱いされている？

胸の奥がかあっと熱くなり、なんとも言えない想いがこみ上げてきた。

「……わかったようなこと言うなよ」

考えるより先に、声が出た。

ここだけは、安心できる場所だと思っていたのに。どうして栞里までそんなこと……。

「そうだね。私には瑛太くんの気持ちなんかわからない。きっと一生」

うつむいた瑛太の耳に、栞里の声が響く。

「でも私は、瑛太くんが野球をやってる姿を見たい」

「え……」

顔を上げたら、栞里と目が合った。栞里の黒い瞳が、真っ直ぐ瑛太だけを見ている。

「そして応援したい。青空の下で、大きな声を出して、思いっきり」

ひゅっと冷たい風が、雨粒と一緒に吹き抜けた。あたりはいつの間にか、薄暗くなっている。

瑛太の頭の中に一瞬、突き抜けた青い空と広々としたグラウンドが浮かんで、でもすぐにそれを追い払った。

「簡単に言うなよな。俺の気持ちなんかわからないって言ったくせに。しょせん他人事だと思ってるんだろ」

そう吐き捨てて、立ち上がる。

「ごめん。今日は帰る」

瑛太はベンチの上に本を置いた。それを見下ろしている栞里が、どんな表情をしているかはわからない。

なにも言わない栞里を残し、瑛太は館内を抜け図書館を出た。


「はあ……」

家でベッドに寝転がると、瑛太はため息をついた。

なんで栞里にあんなことを言ってしまったんだろう。完全に八つ当たりじゃないか。

『でも私は、瑛太くんが野球をやってる姿を見たい』

栞里にそう言ってもらったとき、心の奥が一瞬、パッと明るくなった。さらに「応援したい」なんて言われて……その言葉が素直に嬉しかった。

それなのに、ひどい言葉を言ってしまった。

「あー……北斗くんの言うとおり、やっぱり俺は子どもだ」

ひとりでいじけてイラついて、人に当たって勝手に傷ついて。こんな自分が心底嫌になる。

瑛太は立ち上がり、部屋の窓から暗くなった外を見た。

雨はしとしとと、家の前の道路を濡らしている。

明日も雨が降ったら、栞里に謝ろう。「言いすぎた」「ごめん」って素直に伝えよう。

真っ暗な空を見上げたあと、瑛太はカーテンをつかんで、それを勢いよく閉めた。


しかし翌日は晴天だった。きっと栞里は図書館に来ないだろう。

あきらめの気持ちのまま、それでも図書館に向かった瑛太に、司書のさきが声をかけてきた。

「ちょっと、君、君」

「は？　俺……ですか？」

今日は館内で走ってないよな、と首を傾げながら、さきが手を振っているカウンターへ向かう。

「えっと……君、『なにくん』だっけ？」

「柚原ですが……柚原瑛太」

「ああ、瑛太くんね。瑛太くん、ベランダで本を読むのはいいんだけど、ちゃんと片付けて帰ってくださいね？」

「え……」

そういえば昨日、本をベンチに置いたまま帰ってしまった。でもあれは栞里が読めばいいと思って、置いておいたのに……栞里は片付けもせず、帰ってしまったのだろうか？

「そんなに怒らせちゃったのかな……」

「え？　なんですって？」

「いえ、こっちの話です」

ははっと苦笑いしてみたけれど、さきは眉をひそめて瑛太を見ている。

これ以上叱られるのはごめんだと思い「これから気をつけます」と一応謝り、背中を向ける。

「ねぇ、瑛太くん」

「……はい？」

まだなにか言われるのかと、ちょっと構えて振り返る。さきは首を傾げて、瑛太に言う。

「君、前にどこかで会ったような気がするのよねぇ……」

「そうですか？　俺は覚えがないですけど」

さきはまだ「うーん」とうなっている。

「それじゃ、俺、早く本、読みたいんで」

心にもないことを告げて、瑛太はその場から立ち去った。

光の差すベランダに、やはり栞里はいなかった。

「……だよな」

わかっていたけど、もどかしい。連絡先がわかれば、すぐにでも昨日のことを謝りたいのに……もちろん連絡先なんて知らない。栞里がスマホを持っているのか、いないのかさえ、知らないのだ。

ため息をつきながら、ベンチに座る。本をめくることもなく、ただぼんやりと青い空を眺める。

穏やかな秋晴れ。心地よい風が吹き、公園の木々がさわさわと揺れる。

「俺……なにやってんだろ……」

頭の中に、北斗の言葉が浮かぶ。

『お前にはまだチャンスがあるじゃん？』

何気なくリュックを開けて、グラブを取り出した。明日香の言うように、実はいつもこれを持ち歩いていたのだ。部活に戻りたいと思っていたから。

だけど「今日こそは」「今日こそは」と思いつつ、いつも足は部室から遠ざかってしまって。いつの間にか、明日香や仲間の声も、退けるようになってしまった。

『瑛太、戻ってこいよ』

あの日、みんなにそう言ってもらえたとき、素直に「ありがとう」って言えばよかった。

「もう一度、やらせてくれ」って頭を下げればよかった。

もう誰かの夢を壊したくないなんて、そんなのただの言い訳だ。

自分だけいい思いをするのは、北斗くんたちに申し訳ないなんて、それも言い訳。

本当は戻るのが怖かったんだ。いい気になって人のことを見下していたくせに、自分が失敗して責められるのが怖かったんだ。

北斗くんの言葉も栞里の言葉も、仲間の言葉も明日香の言葉も、全部全部嬉しかったくせに、いつまでも悲劇の主人公気取りでいた。

「バカだな……俺」

グラブを手にはめてみる。懐かしい感触が蘇って、胸がじんわり熱くなる。

『そして応援したい。青空の下で、大きな声を出して、思いっきり』

栞里の言葉を思い出しながら、空を見上げる。

「青空の下かぁ……」

そういえばもうずっと、青空の下で思いっきり体を動かすことはなかった。

その日は走って家に帰った。家に着くと、梨花子に言われる前に食事の支度をする。

「あら、今日は瑛太がご飯作ってくれるのね」

店から戻ってきた母が、穏やかに微笑んだ。

「もうすぐできるから。母さんは風呂でも入ってきなよ」

「どうしたの？　今日はずいぶん親切なのね。母の日でもないし、誕生日でもないけど？」

首を傾げる母に、瑛太は言う。

「いいから、休んでてよ」

「はいはい」

母が台所から出ていこうとする。瑛太は少し考えて、そんな母を呼び止めた。

「ねぇ、母さん」

「うん？」

振り向いた母に、迷いながらつぶやく。

「あのさ、もし俺が、もう夕飯の支度はできないって言ったら……困るよな？」

「え？　どうしたの、急に。べつに困らないわよ。私がやればいいことだし、梨花子だって手伝ってくれるし」

うつむいた瑛太を見て、母が優しく微笑む。

「瑛太が自分で決めたことをやりなさい。人の意見を聞くことも大事だけど、最後に決めるのは、瑛太自身なのよ？」

「……うん」

玄関の引き戸を開く音がして、バタバタと台所に向かう足音が聞こえてきた。

「ただいまぁ、って、瑛太！　もしかしてこの匂いはまたカレー？　この前食べたばっかじゃん！」

帰ってくるなり文句を言う梨花子に、瑛太は言い返す。

「うるせぇな！　文句言うなら食うな！」

「は？　だったら私が作ったご飯も食うな！」

「ちょっと！　喧嘩はやめなさい」

「だってお母さん、瑛太のレパートリー、カレーとシチューの繰り返しなんだよー」

「じゃあ梨花子が教えてあげればいいじゃない」

「冗談やめてよ。こんなかわいげのない弟に教えるくらいなら、私が毎日作ったほうがましだわ」

梨花子の声を聞き流しつつ、瑛太は鍋を見下ろした。

『最後に決めるのは、瑛太自身なのよ？』

母の言葉を、頭の中で繰り返しながら。

翌日は朝から曇り空だった。瑛太は心の中で、このまま天気が回復しないことを祈る。

そして放課後になると、どんよりと曇った空の下を走って図書館へ向かった。

図書館は今日もひと気がまばらだ。できるだけ音を立てずに階段を急ぎ足で上り、二階のフロアへ行く。

いつもの本がある場所へ向かおうとしたとき、瑛太ははっと足を止めた。

栞里が、本棚と本棚の間の通路に立っていたからだ。一冊の本を寂しげな表情で見つめ、その背表紙にゆっくりと手を伸ばす。

「しお……」

呼びかけようとして、途中で止めた。栞里の様子がおかしいからだ。

栞里は指先で背表紙に触れては、引っ込めている。

なにをしてるんだ？

不思議に思い、瑛太はそっと近づいてみる。

栞里が細い指を伸ばす。背表紙に触れて……いや、違う。触れていないのだ。栞里は本を引き出そうとしているのに、引き出せない。

もしかして栞里は……あの本を触ることができない？

「え？」

ついつぶやいてしまった声に、栞里が振り向いた。そして瑛太に気づき、驚いた顔をする。

「あ、ごめん。驚かせちゃって……」

栞里が両手を後ろに回した。そして困ったような笑みを浮かべる。

「瑛太くん。来てたんだ」

「うん……」

瑛太は静かに栞里に近づくと、栞里が取ろうとしていた本をすっと引き抜いた。なんてことのない、普通の本だった。

「この本、読みたかったの？」

瑛太が差し出すと、栞里は慌てて首を横に振った。

「ううん。違うよ」

栞里は本を受け取ろうとしない。瑛太は黙って、本を元の場所に戻す。そしてもう一度、栞里の顔を見る。

栞里は気まずそうに、瑛太から目をそらした。なにかを隠しているような表情で。だけどそれより、瑛太は栞里に伝えなければならないことを思い出した。

「お、おとといはごめん！」

「え……」

思いっきり頭を下げた瑛太を見て、栞里がさらに戸惑うような顔をする。

「ひどいこと言って、ごめん！　俺はそんな、偉そうなこと言える立場じゃないのに……俺のこと、応援したいって言ってくれたのに……ほんとにごめん！」

「あ、あの、瑛太くん？」

瑛太の声が大きかったせいか、そばを通りかかったいつものおばあさんが目を丸くしてこっちを見ている。

「瑛太くん！　あっちに行こう！」

栞里がベランダに向かって歩き出す。瑛太も慌てて、そのあとを追った。


ベンチの前で向かい合う。空はどんよりと曇っている。

「え、えっと……」

どうしたらいいのかわからなくなった瑛太の頭に、さっき見た、栞里の寂しそうな表情が浮かぶ。

「栞里……」

栞里はそっと視線をそむける。

ぽつぽつと雨が降り始めた。公園の木の葉が、しっとりと濡れていく。

瑛太はなんとなく、この前聞いた栞里の声を思い出した。

『そして応援したい。青空の下で、大きな声を出して、思いっきり』

応援してもらうことはできないけれど、栞里と青空の下を歩くことはできるのではないだろうか。

こんなどんよりとした空の下じゃなく。もっと明るくて広い空の下を。

「あのさっ」

瑛太の声に、栞里がそっと顔を上げる。

「今度、晴れた日に会わない？」

「え……」

「栞里の都合のいい日に合わせるから。どこか図書館じゃない、別の場所で」

言いながら、ものすごく照れくさくなった。

だけど栞里と青空の下を歩けたら嬉しいと、瑛太は素直に思う。

栞里が黙ってうつむいてしまった。そしてしばらく黙り込んだあと、消えそうな声でつぶやく。

「ごめんなさい」

その声が、瑛太の胸に刺さる。

「私はここから離れられないの」

「え？」

意味がわからなかった。ここから離れられないってなんだ？

「ど、どういうこと？」

「瑛太くんに会えるのは、この図書館だけ」

ごくんと唾を飲み込んだ。手のひらをぎゅっと握って考える。

もしかして俺……避けられた？

つまりここ以外の場所では、会いたくないってことなんだろう。

「そ、そっか……」

瑛太はできるだけ明るい声を作る。

「ごめん。急に。変なこと言って」

栞里は黙って首を横に振る。瑛太はそんな栞里に背中を向けた。

「本、持ってくるの忘れてた。ちょっと取ってくる」

栞里を残して館内に入った。本棚の前に立ち、深く息を吐く。

また思い上がってた。

そっと手を伸ばし、いつもの本を取る。

応援したいなんて言われて、栞里に気に入ってもらえたんじゃないかって勘違いして
……調子に乗ってた。

「どこまでバカなんだ、俺は……」

手に取った本を何気なく開く。そこにはクローバーのしおりが挟まっている。

栞里はなぜか、この本をひとりで読まない。いつも図書館に来ているのに。本が大好きだと言っていたのに。彼女が本を読んでいる姿は見たことがない。

さっきだって……本を読みたそうにしていたくせに、差し出したら「違う」と言う。

そしてどこか寂しそうな顔で、いつも雨の降る空を見上げている。

「よくわかんないけど……」

瑛太はぱたんっと本を閉じた。

栞里をいつか、青い空の下に連れ出したい。あんな寂しそうな顔じゃなく、嬉しそうな顔で笑ってほしい。

そのためには、こんな俺じゃきっとだめなんだ。

ポケットからスマホを取り出した。メッセージアプリを開いて、指を動かす。

【明日、話がしたい】

メッセージの相手は「明日香」だ。送信しようとして、指が震える。

今さら、虫がよすぎないか？　あれだけひどい態度を取ったくせに、今になって明日香に頼ろうとするなんて……。

入力したメッセージを慌てて消した。

「だめだ……」

変われるかもと思ったのに……。

青空の下に戻れないのは栞里ではなく、自分のほうなのかもしれない。

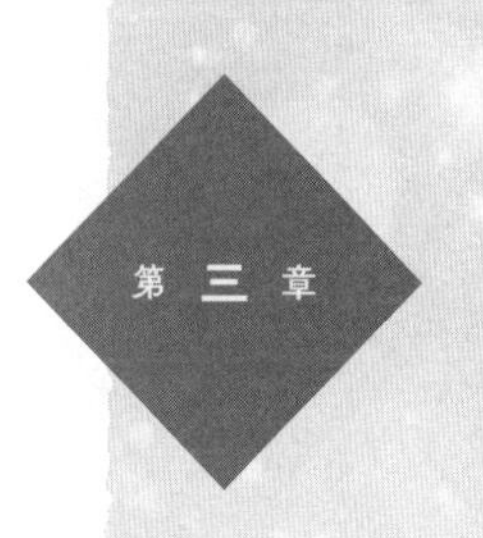

君は誰？

翌日も、しとしとと細かい雨が降っていた。

秋雨前線と台風の影響で、しばらく雨が続くらしい。

瑛太は傘を傾け、どんよりとした厚ぼったい雲を見上げる。

昨日はいつものように、栞里と本を読んだ。でもなんだか気まずくて……上手くしゃべることができないまま別れてしまった。

だけどきっと、今日も栞里はあそこにいるのだろう。

もうすぐ取り壊されてしまう図書館のベンチに、ひとりぼっちで座って。降り続く雨を眺めているのだろう。

そんな様子を思い浮かべたら、なんだかすごく悲しくなった。


図書館に着き、階段へ向かう。カウンターにはいつものように、さきが座っている。

二階のフロアで、本棚から本を取り出した。クローバーのしおりは、だいぶ後ろのほうに移動している。物語は着実にクライマックスへ向かっているのだ。

瑛太はその本を抱え、一番奥の扉を開く。ギイッと錆(さ)びついたような音が立ち、雨で湿った景色が目の前に広がる。

栞里は今日もベンチに腰かけ、寂しそうに空を見上げていた。

瑛太は一回深く息を吸い込んでから、思いっきり声を出す。

「栞里！」

そのときだ。誰かが瑛太の腕を、ぐっと後ろからつかんだ。

「え？」

そのまま勢いよく、館内のほうへ引っ張られる。

「なん……」

振り向いてみて、驚いた。瑛太の腕をつかみ、真剣な顔つきで睨んでいるのは、明日香だった。

「あ、明日香？」

「瑛太！　こんなところでなにしてるのよ！」

明日香の声が、静かな館内に響く。

「ちょっ、声、うるさ……」

「なにしてるのって、聞いてるの！」

瑛太はあきらめて、明日香に向き合った。本を読んでいるおばあさんが、驚いた顔でこっちを見ている。瑛太はちょっと頭を下げてから、小さな声で明日香に言った。

「なんだよ。ついてきたのかよ」

「栞里って誰よ？」

明日香が手を離し、怪訝（けげん）な目つきで聞いてくる。瑛太は仕方なく、開けっ放しの扉からベランダを向いて答えた。

「あそこにいる女の子だよ」

「は？」

瑛太の横から外に身を乗り出し、明日香が顔をしかめている。

「誰もいないじゃん」

「え？」

見るとベンチにはもう、栞里の姿は見えなかった。

あれ？　さっきたしかにいたのに。館内に戻った？　いつの間に？

しかし瑛太と明日香は扉のところに立っていた。ここを通らないと館内には入れないのに、栞里はここを通っていない。

瑛太は慌てて、ベランダに飛び出す。ベンチにはやはり座っていない。周りを見まわしても、ひと気はなく、雨の音だけがかすかに響いている。

まさかと思って手すりから身を乗り出し、下をのぞいてみたが誰もいなかった。

「さっきから、女の子なんていないけど？」

明日香が瑛太の後ろから言った。

「は？　いただろ！　ちゃんと！」

「あたしには見えなかったけど？」

嘘だ。本当にさっき、栞里はここにいた。見間違うはずはない。

瑛太は明日香を睨む。

「お前……俺のこと恨んでるからって、嘘つくなよ？」

「なによ、それ。あたし、本当に見てないし！」

瑛太は館内に戻り、本棚の間をすべて見まわった。しかし栞里の姿はない。

「幽霊でも見てたんじゃない？」

あとをついてきた明日香が、不機嫌な声で言う。

「そんなはずない！　本当にいたんだよ！　いつも会ってる女の子がここに！」

「ふうん？　部活辞めて、いつも女の子と会ってたってわけ？　あたしたちが、こんなにあんたのこと心配してたってのに」

「誰も心配してくれなんて頼んでない！」

言ってから、すぐにしまったと思った。

もうこんなふうにいじけて、人に当たるのはやめようと考え直したばかりなのに……。

しかし次の瞬間、瑛太の頬に明日香の平手打ちが飛んできた。

「バカ！　なんでそんなこと言うのよ！　こんなの、あたしの好きな瑛太じゃない！」

「え……」

目を丸くした瑛太の前で、明日香も慌てて自分の口をふさぐ。

今、なんて言った？　あたしの好きな瑛太じゃない？　嘘だろ？　聞き間違いだよな？

そうだ、聞き間違いに決まってる。

混乱する瑛太の前で、明日香の顔がみるみる真っ赤になっていく。

「どうしたの？　ふたりとも」

固まったふたりに声をかけてきたのは、さきだった。

「喧嘩はだめよ。それから図書館ではお静かに」

怒鳴り合ってしまった声を、聞きつけてきたのかもしれない。

「す、すみません」

明日香がぺこっと頭を下げた。そして赤い顔のまま瑛太を睨んで、小声でセリフじみた言葉を吐いた。

「きょ、今日はこのくらいで許してあげるわ」

そしてくるっと背中を向けると、早足で瑛太の前から去っていく。

「……なんなんだよ」

だいたいなんで明日香がここにいるんだ？　人のあとつけてくるとか、ストーカーかよ。

ぶたれた頬を右手でさすると、さきにくすっと笑われた。

「あの子、瑛太くんの彼女？」

「は？　まさか！　ぜんっぜん、違います！」

思わず声を上げてしまい、またさきに「静かに」と言われてしまう。

もうだめだ。今日は帰ろう。なにもかもが最悪すぎる。栞里もいないし。

「すみません。俺も帰ります」

「そう。気をつけてね」

さきに頭を下げて、持っていた本を素早く片付ける。そして階段を下りながら考える。

しかし栞里はどこに行ってしまったんだろう。

『幽霊でも見てたんじゃない？』

そんなバカな。栞里はたしかにあそこにいた。

寂しそうな顔つきで、ひとりで雨を見上げながら。

透明な傘を雨の中に開き、ぱしゃっと水たまりを踏みつけ瑛太は思う。

どうか明日も、雨が降りますように。

明日こそ、栞里と話したい。栞里と一緒に、本を読みたい。

瑛太は傘の柄を握りしめ、地面を蹴って走った。


「なんでお前がついてくるんだよ！」

翌日、台風接近のせいで大雨の降る中、傘を飛ばされそうになりながら瑛太は叫んだ。

隣には、同じように傘を必死に持っている明日香の姿。

街路樹は風で大きく揺れ、雨粒が地面を叩きつけている。

放課後、教室を出た瑛太の前に、明日香が偉そうな態度で立ちふさがっていた。そしてどこまでも、瑛太のあとをついてくるのだ。

昨日のとんでも発言と、しおらしい姿は気のせいだったのか。

危ない、危ない。また勘違いして、いい気になるところだった。

「いいでしょ？　あんたが本当に女の子と会ってたかどうか、たしかめてあげる。まぁ、どうせ嘘だろうけど」

「嘘じゃないし！」

雨なら栞里は図書館に来る。でも今日はあまりにも風雨がひどい。もしかしたら会えないかもしれない。

水たまりを踏みつけながら、並木道を歩く。前から学校帰りの男子中学生がふたり、傘を斜めにさして歩いてくる。瑛太が卒業した中学の生徒だ。

「あの子たち、南中(なんちゅう)の野球部じゃない？」

ふたりとも、学校名の入ったバッグを肩に下げている。

「懐かしいなぁ……楽しかったよね、あのころ」

明日香の言葉に、瑛太はつぶやく。

「……そうだな」

「あれ？」

驚いた表情の明日香が、傘の下から瑛太の顔をのぞき込んできた。

「めずらしー。『うるせぇな』って言うと思ってた」

「言わねぇよ。そんなこと」

明日香がきょとんっとした顔をしている。瑛太は視線をそむけて、足を速める。

中学のころ、明日香は野球部で、ただひとりの女子部員だった。瑛太たちと一緒に練習をしたし、試合にも出ていた。でも同じ高校に進学してからは、明日香はマネージャーを希望した。

「あたしはさ、ずっとうらやましいって思ってたよ。瑛太たちのこと」

雨音の中に、明日香の声が聞こえてくる。風に揺れる木々の向こうに、もう見慣れた、蔦の絡まる白い壁が見える。

「高校行っても野球できてさ。あたしはどう頑張っても、みんなと一緒に試合出れないし。まぁ、それ以前に、パワーや体力に限界感じてたけどねぇ」

明日香は女子だから。それだけの理由で、いろんなことをあきらめたのを知っている。

『それに俺からしたら、瑛太がうらやましいよ。お前にはまだチャンスがあるじゃん？』

北斗の言葉を思い出す。

やりたくてもできない人たち。でも俺はまだできるじゃないか。

「……ごめん」

図書館の入り口で足を止め、瑛太がつぶやく。

「へ？」

同じように立ち止まった明日香が、素っ頓狂な声を上げた。

「ど、どうしたの？　今日の瑛太、素直すぎて、なんか気持ち悪い」

「気持ち悪いってなんだよ。これでもいろいろ考えてるんだよ」

傘を丸めて傘立てに入れ、館内に入る。明日香がそのあとをついてくる。

「じゃあさ」

図書館の中は今日も静かだ。暴風雨の外とは別世界のように。

「戻ってくれば？　野球部」

階段に向かって、真っ直ぐ進む瑛太の背中に、明日香の声が響いた。同時に瑛太は、ぴたっと足を止める。

「……栞里？」

「え？」

瑛太の後ろから、明日香が顔を出す。階段の踊り場のステンドグラスの前に、黒いワンピース姿の女の子が佇(たたず)んでいる。

少し寂しそうな表情で、静かに瑛太たちを見下ろすようにして。

「栞里！」

瑛太が叫ぶと、栞里はすっと顔をそむけた。黒いワンピースの裾が、ふわりと揺れる。そして瑛太を残し、そのまま二階へ向かって上っていく。

「ちょっと、待てよ、栞里っ！」

急いで追いかけようとした瑛太の腕を、明日香がつかんだ。

「瑛太、なに言ってんの？」

振り向くと明日香が顔をしかめている。

「いただろ？　今！　あの子だよ、俺がいつも会ってた女の子！」

「女の子なんていないじゃん」

明日香の声が耳に響く。なぜだか背中がすうっと冷えていく。

瑛太は明日香の手を振り払うと、階段を駆け上がった。

「あ、瑛太！　待ってよ！」

叫ぶ明日香を無視して、全速力で二階に上りフロアを見まわす。この天気のせいか、いつもよりさらにひと気がなく、ガランとしている。

そして栞里の姿もない。

瑛太はフロアの端まで走った。そして勢いよく、古い扉を開く。

「栞里！」

叩きつけるような雨の音。屋根があるとはいえ、風の強い今日は、ベンチがびしょ濡れになっている。

そしてそこにも、栞里はいなかった。

「……なんで？」

さっき階段の踊り場に、たしかに栞里が立っていた。そのまま階段を上がって、二階に来たはず。それなのにフロアにもベランダにも、栞里はいない。

「瑛太」

呆然と立ちつくす瑛太の背中に、明日香の声がかかる。瑛太は振り向き、明日香に言う。

「もしかしてもう、下に行っちゃったのかも」

しかし明日香は首を横に振った。

「誰にもすれ違わなかったよ」

「そんな……」

「それにあたしには、女の子の姿なんか見えなかった」

明日香がそう言って、眉をひそめる。

「瑛太。あんた大丈夫？」

なんだ、それ。もしかして俺、おかしくなったと思われてる？

明日香が、開けっ放しだった扉を閉めた。雨と風の音が消えて、静けさが館内に戻る。

「とにかく落ち着こう。ね、瑛太」

声も出せないまま、瑛太は明日香に言われたとおり、近くの椅子に腰かけた。

「ふうん？　それでその子と知り合って、あのベランダで本を読んでたってわけ？」

瑛太はこの図書館に偶然立ち寄った日から、今までのことを明日香に話した。二階のフロアには誰もいない。

「うん。晴れの日以外はな」

「晴れの日以外？」

「なぜか晴れてる日は来ないんだよ、その子」

「どうしてよ」

「知らねぇよ」

明日香が、はぁーっと、あきれたようなため息をつく。

「でも瑛太が本を読んでたなんて、まったくの予想外だったんだけど」

「俺だって本くらい読むさ。あ、そうだ！」

瑛太は立ち上がって、いつもの本棚の前に立つ。

「あった」

今日もその本はそこにあった。瑛太はそれを引き出そうとして、ふと指先を止める。

　そういえば栞里が、何度もこうやって本を取ろうとしていた姿を見たことがある。それなのに、栞里は本を取らなくて……いや、取らないんじゃなくて、取れなかったんじゃないのか？

　そう思ったら、ベンチで本を読んでいたときのことも、頭に蘇ってきた。

　栞里は自分で本を読もうとしなかった。いつだって瑛太の本をのぞき込んでくるだけ。不自然だなとは思っていたけど……。

「それって、自分では本に触れられなかったってこと？」

　口に出したら、ぞくっとした。

「ねぇ、瑛太」

　いつの間にか後ろに立っていた明日香が、耳元でささやく。

「やっぱりその子、幽霊だったんじゃない？　瑛太にしか見えない幽霊」

　栞里が幽霊？　そんなバカな！

　瑛太は本を引っ張り出すと、パラパラとめくった。本の最後のほうのページには、クローバーのしおりが挟まっている。

「これ！　その子のなんだ」

　瑛太はしおりを手に取り、明日香に見せる。

「幽霊がしおりを挟むか？」

「さぁ？　本好きの幽霊なら、しおりくらい持ってるんじゃない？」

「幽霊って決めつけるなよ！　失礼だろ？」

「でもあたしには見えないんだもん。その子が本当にここにいたっていう、証明ができたら信じてあげるけど？」

「うっ……」

腕組みをした明日香が、瑛太を睨む。ここで引き下がるわけにはいかないと、瑛太は言い返した。

「わかった！　見えないのはお前だけだって、証明してやる！」

「できるものなら、してみなさい」

そのとき館内にアナウンスが流れた。大雨のため、今日は早めに閉館するというのだ。

「じゃあ明日の土曜日！　また雨だったらここに来いよ。お前以外の人には見えるって証明してやるから」

「ふうん、わかった。楽しみにしてる」

すでに勝ち誇ったような顔で笑う明日香を見て、瑛太はちっと舌打ちをした。

その夜は雨が降り続き、瑛太は眠れない夜を過ごしていた。

「うーん……」

ベッドの上で、何度も寝返りを打つ。

栞里が幽霊であるはずはない。しかし、どうして栞里は瑛太を避けるのか。

避けられ始めたのは、ベランダで会った日。ということは、もしかしてその前に「別の場所で会いたい」なんて言ったのが原因かもしれない。

「そんなに俺、嫌われちゃったのか？」

頭を抱えて、布団に潜る。

もう一度、栞里と話したい。あの本の続きを読みたい。またあの図書館で会いたい。

明日も雨が降り続きますように。

そう願いながら、瑛太は目を閉じた。

「ちょっと、瑛太。どうして朝から暗いのよ？」

翌日は朝から晴天だった。台風一過というやつらしい。しかし瑛太の心はどんよりと曇ったまま。いや、もうすでに雨が降っている気分だ。

「そういう顔、やめてくれない？　朝から食欲なくすわ」

トーストをかじりながら、梨花子が文句を言う。

「生まれつきこういう顔なんだから、仕方ないだろ」

「は？　なによ。なんか文句あるの？」

文句は大ありだったが、言い返したら百倍返ってくる姉だ。瑛太は黙って立ち上がった。

「ごちそうさま」

「ちょっと！　私が作ったハムエッグ、残すつもり？」

「食欲ないんだ。残りは夜食べる」

瑛太はさっとラップをかけると、冷蔵庫に押し込んだ。

「ねぇ、瑛太」

振り向くと、コーヒーを口にしながら梨花子が言った。

「あんた大丈夫？」

また言われてしまった。そんなに暗かっただろうか。

「大丈夫だよ。ちょっと出かけてくる！」

そう言って背中を向けると、瑛太は梨花子を残し台所を出た。


外へ出ると真っ青な空が、どこまでも広がっていた。雲ひとつない秋晴れだ。

「……いい天気だ」

子どものころ、朝から天気がいいとテンションが上がった。外で遊べるし、野球ができる。それなのに、青空が忌々しく思えるようになるなんて思ってもみなかった。

「瑛太？」

はっと顔を上げると、ちょうど家から北斗が出てきたところだった。そういえば今朝は、いつもと違うルートを通ってしまった。

北斗は爽やかな笑顔で、瑛太に駆け寄ってくる。

「おはよう」

「おは、おはようございます」

なぜか緊張して噛んでしまった。北斗と会うのは、この前子ども広場であんなふうに別れた以来だ。

「めずらしいな、瑛太に会うなんて」

「……そうですね」

「ははっ、やべえって顔してるな？」

ひやりと心臓が冷える。図星だったからだ。

「いやっ、そんなこと全然、思ってないっす！」

「瑛太ってさぁ、嘘つくの下手だよな？　昔っから」

はははっと朗らかに笑う北斗の声が、住宅街に響く。何年たっても、北斗にはやっぱりかなわない。

「……すみません。ほんとは少し、やべえって思いました」

「素直だな。そういうところも、嫌いじゃない」

北斗の手が、瑛太の髪をぐしゃぐしゃとかき回す。完全に子ども扱いだ。

でも……いつまでもこうやってみんなに、心配や迷惑をかけてばかりじゃだめなんだ。

「北斗くん」

顔を上げ、前を見たまま瑛太は言った。北斗が手を止め、少し首を傾げる。

「こ、今度……キャッチボールの相手、してくれませんか！」

声が震えてしまった。情けない。

北斗の足が止まる。瑛太も足を止め、おそるおそる北斗の顔を見る。すると北斗の口が、ゆっくりと開いた。

「い・や・だ」

「へ？」

「この前、俺が誘ってやっても、断ったくせに。今さら虫がよすぎるんだよ」

たしかにそうだ。なにも言い返せない。

「ご、ごめんなさい」

北斗の前で頭を下げる。

自分が北斗の立場だったら、こんな後輩ぶん殴りたいところだ。

すると北斗がぷっと噴き出し、こう言った。

「でもまぁ、瑛太が部活に戻りたいって、本気で思ってるって感じられたら、付き合ってやってもいいぞ?」

「え……」

「そのときは、一年分しごいてやるから」

北斗はもう一度、瑛太の頭をぽんっと叩く。そして「じゃ、俺、こっちだから」と言い残し、停留所に向かって去っていく。

瑛太はその場に呆然と立ちつくしていた。朝の日差しがまぶしすぎて、なんだか涙が出そうだった。


「瑛太の話が本当だとすると、今日は晴れてるから、その子いないってわけよね?」

やわらかな木漏れ日の落ちる並木道を、明日香と並んで歩く。今日は晴れてしまったが、明日香から「もしかしたら幽霊に会えるかもしれないから、図書館行きたい」とメッセージがきて、途中で待ち合わせしたのだ。

「そうだよ。今日はいない。てか、お前、部活行かなくていいのかよ。もうすぐ秋季大会だろ? サボるなよ」

「瑛太にだけは言われたくないんですけど」

明日香はむっと口を尖らせてから続ける。

「まぁ、あたしは平気なの。後輩のマネージャーに任せてあるし。あたしの今のミッションは、瑛太を部活に連れ戻すことだから」

「は？」

「だからさっさとその幽霊の謎を突き止めないと。あんただってすっきりしないでしょ？」

「……幽霊じゃないって言ってるのに」

そんなことを言い合っているうちに、図書館に着いた。館内に入ると、明日香が瑛太に言う。

「さぁ、その子がここにいたっていう証明をしてよね？　今日は来てないとしても、そんなにいつも来ている子なら、瑛太以外の人が見ていたはずでしょ？」

「ああ。もちろん」

瑛太はいつものように二階へ上がる。念のためベランダをのぞいてみたが、栞里の姿はない。

そのとき瑛太の後ろをおばあさんが通りかかった。いつも閲覧席で本を読んでいる、あの眼鏡のおばあさんだ。

「こ、こんにちは」

この人なら知っているはずだ。栞里のことを。

「あら、こんにちは。なにか用かしら？」

瑛太が声をかけると、おばあさんが振り向いた。上品で親切そうなおばあさんだ。

「あの、変なこと聞きますけど、いつもここに来ている女の子……えっと、髪が真っ直ぐで長くて、肌が白くて、ほっそりとした……黒いワンピースの子。見たことありますよね?」

おばあさんは首を傾げた。

「よく、俺と一緒に、ベランダで本を読んでたんですけど」

「あなたのことは知ってるわよ。最近よく会うわよね」

そう言ってから、おばあさんはもう一度首を傾げる。

「でも女の子なんて、一緒にいたかしら?」

そんな……俺がここで栞里と会っていたとき、おばあさんいつもいたじゃないか。一緒にすぐそばを、通り過ぎたこともある。

「ああ、そこのお嬢さんと一緒だったところは、見たことあるわ」

おばあさんが明日香を見て微笑んだ。明日香もにこっと笑ったあと、瑛太に言った。

「ほらぁ、やっぱり見えてないじゃん」

「お前は黙ってろ」

後ろから口を出してくる明日香を引っ込める。

「ごめんなさいね。年寄りは忘れっぽいから、覚えてないのかもしれないわ」

「いや、読書の邪魔をして、すみませんでした！」

ぺこりと頭を下げると、おばあさんもちょっと頭を下げて、にこにこしながら机に向かっていった。

「他の人にも聞いてみよう」

「それにしても、ひと気のない図書館だよねぇ……」

明日香がきょろきょろと周りを見渡す。たしかに数人の人が本を読んでいるだけだ。

それに今日は土曜日のせいか、おばあさん以外はあまり見かけない人ばかりだから、聞いてもわからないかもしれない。

「下に行ってみる」

瑛太は階段を下り、またフロアを見まわす。目についたのは、絵本コーナーにいた親子連れだ。いつも幼稚園帰りに来ているのを見かける。

「あの、すみません。この図書館によく来ている、高校生くらいの女の子をご存じないですか？」

小さい女の子と一緒にいた母親に、栞里の特徴を話してみる。しかし母親は首を横に振った。

「ごめんなさい。覚えがないわ」

「そうですか。すみません」

頭を下げると、今度は新聞コーナーに行ってみる。そこにはいつも新聞を読んでいる、強面のおじさんが今日もいた。

「あのぅ、すみません」

瑛太が声をかけると、おじさんが怪訝そうに顔を上げた。ちょっと怖そうな雰囲気だが、瑛太は思い切って聞いてみる。

「いつもここに来ている女の子、見たことないですか？」

「女の子？」

瑛太はさっきと同じように、栞里の特徴を説明した。いつも入り口近くのこの場所にいるおじさんなら、出入りするときに見かけているかもしれない。

「さぁ、知らねぇなあ……」

しかし返ってきたのはそんな言葉だった。

「そうですか……」

「この図書館、ここ半年くらいは毎日来てるけど、そんな子は見かけねぇよ。ああ、あんたのことは知ってるよ。いっつもバタバタ階段駆け上がっていくもんなぁ」

おじさんがおかしそうに笑っている。見た目は怖そうだが、感じのよさそうな人だった。

「すみません、ありがとうございました」

「いいって、いいって」

おじさんはそう言って、また新聞に目を落とす。瑛太は新聞コーナーから離れ、ため息をつく。

「やっぱり誰にも見えてないんだね？」

そばで聞いていた明日香が、勝ち誇った顔で瑛太に言う。

「やっぱり幽霊なんだよ、その子」

「幽霊じゃない！」

「じゃあなんで、瑛太以外の人には見えないの？」

「見えないんじゃない！　おとなしい子だから、気づかれなかっただけだ！」

思わず叫んでしまった瑛太の後ろから、聞き慣れた声がかかる。

「あなたたち、また喧嘩しているの？」

「あっ」

振り向くと本を抱えたさきが、あきれたような顔で瑛太たちを見ていた。

そうだ。この人に聞けばわかるかも。なんでもっと早く、気がつかなかったんだろう。

「あのっ、さきさんならわかりますよね？　いつも図書館に来てる、髪の長い女の子！」

さきが不思議そうな顔をする。

「俺と同じ高校生くらいで、だいたい二階のベランダにいて。あ、そうだ、いつも黒いワンピースを着ていて、名前は真宮栞里って言うんですけど」

「真宮栞里？」

その名前を聞いた途端、さきの顔色が変わった。

「そうです！　真宮栞里。本を借りたこと、あるんじゃないですか？」

「瑛太くん……いつその子に会ったの？」

「え、いつって、俺がここに来るようになってから、だいたいいつもです。昨日だってその階段のところにいて……」

「嘘よ」

さきの声が、瑛太の言葉を遮った。その声がいつになく厳しかったので、瑛太はもちろん、明日香までびくっと肩を震わせた。

「栞里がこんなところに来るはずはない」

「え……」

さきが真剣な顔つきで、瑛太に言った。

「あの子はもう半年も……入院してるんだから」

「どうぞ、よかったら飲んで」

木陰のベンチに座った瑛太と明日香の前に、自販機で買ってきたペットボトルのお茶が差し出された。さきから「話を聞きたい」と言われ、ふたりは図書館の外へ出て、公園にあるテーブル付きのベンチに腰かけていたのだ。

「ありがとうございます」

ぺこっと頭を下げた明日香の隣で、瑛太は黙って考えていた。

『あの子はもう半年も……入院してるんだから』

そんなの、ありえない。つい昨日だって、ちゃんとこの目で栞里の姿を見たっていうのに……。

「私、こういう者です」

さきがふたりの向かい側に座り、胸に下げたネームホルダーをひっくり返す。いつものうさぎのイラストに「さき」とひらがなで名前が書かれた裏に「真宮早紀（さき）」と漢字でフルネームが書いてあった。

「真宮……って」

「真宮栞里は、私のいとこなの」

「いとこ？」

瑛太が顔を上げて、早紀を見た。早紀は一度、目を伏せてから、静かに話し始める。

「栞里は小さいころから難病を患っていて、入退院を繰り返していたの。だから学校にはほとんど行けてなかった。でも体調がいい日は、私が働いていたこの図書館によく来ていたのよ」

栞里もそう言っていた。小さいころからずっと、この図書館に通っていたと。

「病気がだんだん進行して、栞里は高校にも進学できなかった。それでも一年くらい前まではでは、この図書館で本を読んだりしていたの。だけどそのあと、病状が悪化して……今は入院しているんです」

「も、もしかして、病院を抜け出して、ここに来ていたってことはありませんか？　早紀さんにも気づかれないように」

そう言ったのは明日香だ。栞里のこと幽霊だとか言っていたくせに、今はなぜか必死に、この不思議な現象の答えを見つけ出そうとしている。

「それは、無理よ」

早紀が小さくため息をつくように、つぶやく。

「あの子、余命わずかって言われてて……もう三か月くらい、眠ったままなの」

「眠ったまま……」

明日香が口にして、ちらっと瑛太の顔を見る。瑛太は早紀の言葉を、頭の中で繰り返す。

余命わずか……もう三か月くらい、眠ったまま？

なんだそれ。全然意味がわかんねぇ。

「だからどう考えても、栞里がここに来ることはないと思うんです」

早紀の声を聞き、明日香がまた口を開く。

「ね、ねぇ、瑛太？　きっとあんたの見間違いだよ。その子、栞里さんじゃなくて、別の子だったんじゃないの？」

「そんなことない。ちゃんと名前を聞いたんだ。真宮栞里って言ってた」

瑛太の頭に、初めて会った日の栞里の姿が浮かんでくる。

「でもさ、ありえないでしょ？　入院してる子に、こんなところで会うなんて」

「だけど俺は、ほんとに会ってたんだよ。雨や曇りの日だけだったけど」

「雨や曇りの日だけ？」

早紀がつぶやいた。瑛太はうなずいて答える。

「そうです。晴れた日は、なんでかわからないけど、ここに来なくて……」

早紀は少し考え込んでから、口を開く。

「栞里は……太陽の下を歩けなかったの」

「え？」

瑛太と明日香の声が重なった。

「日光に当たったらいけない病気で、小さいころからほとんど建物の中で過ごしていたの。外に出られるのは日差しがない、曇りや雨の日だけだった」

雨の降るベランダで、どんよりと曇った空を、寂しそうに見つめていた栞里の姿を思い出す。

「もしかしたらその子……本当に栞里かもしれない」

「そんな……でも栞里さんは病院なんですよね？」

明日香の困ったような声を聞きながら、瑛太は栞里の言葉を思い出した。

『そして応援したい。青空の下で、大きな声を出して、思いっきり』

もしかして栞里は、青空の下で太陽の日差しを浴びたいと、ずっと思っていたのではないだろうか。だからあんなことを、言ったのではないだろうか。

幼い栞里がひとりぼっちで、寂しそうに本を読んでいる姿を想像してしまう。

「あの……」

瑛太が早紀の顔を見て言った。

「栞里……栞里さんは、どこの病院に入院してるんですか？」

早紀と明日香が、瑛太の顔を見た。

「俺に栞里さんのいる病院、教えてもらえませんか？」

大学病院前の停留所でバスを降りると、目の前に白い壁の立派な建物が見えた。

瑛太はその建物を見上げ、呆然とする。

本当にここに、栞里が入院しているのか？

早紀から病院名を聞いて、実際に現地まで来ても、まだ信じられない気持ちでいっぱいだった。

「瑛太……大丈夫？」

隣に立つ明日香が、心配そうに聞いてきた。

幽霊、幽霊と騒いでいた明日香だったが、早紀の話を聞いてから、まったく騒がなくなった。そしてただおとなしく、瑛太のあとをついてくるのだ。

「ああ、大丈夫……」

とは言ったものの、胸がドキドキして足がかすかに震えている。

「いや、ごめん。全然大丈夫じゃないや」

ついこの間まで一緒に本を読んでいた栞里が、この建物の中で眠っているなんて。

勢いでここまで来てしまったが、足が一歩も前に進まない。

きっと心のどこかでまだ、認めたくないと思っているからだろう。

「俺、栞里から聞いたんだ」

瑛太はぽつりと声を出す。

「野球の応援に来たいって」

「野球の応援に？」

明日香の前でうなずく。

「俺が野球をやってたって話したら、見てみたいって。早紀さんの言うとおりだとしたら、外へ出るのは無理だと思うのに……」

うつむいた瑛太の手を、明日香がそっと握った。

「あたしも、ついていっていい?」

いつもだったら振り払いたくなるその手が、今日はものすごく頼もしい。

「うん。ついてきてほしい」

情けない気持ちでいっぱいだったが、ひとりでこの病院に足を踏み込む勇気はなかった。


明日香と一緒に面会の受付に行く。病室は早紀に教えてもらっていた。

『あの子、今日も眠ってると思うけど』

そう言って、寂しそうに微笑んだ、早紀の顔が頭をよぎる。

面会の人や、患者さんと一緒にエレベーターに乗って七階で降りた。

白い壁に囲まれたフロアは、看護師がせわしなく働いていたり、入院患者が点滴を引きながら歩いたりしていて、意外と音に包まれている。図書館の静けさとも、もちろん外の騒がしさとも、また違った雰囲気だ。

そんな慣れない場所の廊下を、瑛太は少し緊張しながら明日香と歩いた。消毒液のような、独特の匂いが鼻につく。

「ここじゃない?」

７０５号室の前で、明日香が立ち止まった。どうやら一人部屋のようだ。瑛太も足を止め、閉じられたドアを見つめる。

本当にここに栞里がいるのだろうか。信じられない。というか、信じたくない。

「会っておいでよ。あたしはあっちで待ってるから」

明日香が談話室のほうを指さして言う。

「えっ……」

「なに情けない声出してるのよ。あたしが来られるのはここまで。会ったこともないんだしさ。瑛太、ちゃんと面会しておいで」

明日香がそう言って微笑む。見たこともないような、優しい表情で。

瑛太がさらに戸惑っていると、明日香が瑛太の背中をばんっと叩いた。

「いてっ……」

「面会人が病人みたいな顔してどうするのよ！　しっかりしなさい！」

そしていつものように、勝ち誇ったような顔で笑うと「じゃあね」と言って背中を向けた。

「あ……」

明日香の姿が遠ざかっていく。瑛太は仕方なく、閉じたままのドアを見つめる。

このドアを開けるのが怖い。でも栞里には会いたい。今すぐ会いたいんだ。

瑛太はぎゅっと右手を握りしめたあと、その手で静かにドアをノックした。

「し、失礼します……」

しばらくしても返事がなかったので、瑛太はそっとドアを開けた。

目の前に広がった病室は、不思議な雰囲気に包まれていた。

カーテンの閉ざされた窓。青白い蛍光灯の灯り。規則正しく動く機械の音。

そんな部屋の真ん中に置かれたベッドの上で、ひとりの女の子が横たわっていた。

瑛太は重い足を無理やり動かし、そばへ近寄る。そして覚悟を決めると、その顔を見下ろした。

「……栞里」

そこにいたのは、たしかに栞里だった。図書館で一緒に本を読んだ、あの栞里だ。

体にはいくつもの管がついていたが、目を閉じているその顔は、すやすやと眠っているだけのようにも見えた。

「なんで……こんなところに？」

この目でベッドにいる姿を確認しても、瑛太はまだ信じられなかった。

「だって図書館で会ったじゃないか。ベランダに出て、並んで座って、一緒に本を読んで……」

じゃああの女の子は、誰だったんだ？

瑛太は頭を抱えて首を振る。

俺はやっぱり、頭がおかしくなってしまったのかもしれない。

叫びそうになる気持ちを抑え、もう一度眠っている顔を見下ろした。

「栞里？」

おそるおそる声をかけてみる。

「俺だよ。瑛太。わかる？」

しかし栞里はぴくりとも動かないまま、眠り続けている。部屋に響く機械の音が、ただ淡々と瑛太の耳に聞こえるだけだ。

胸の奥から、わけのわからない想いがこみ上げてきた。もうここにはいられないと思い、背中を向けて部屋を飛び出す。

「あ……」

廊下には明日香が立っていた。心配そうに瑛太のことを見上げている。

「もういいの？」

「……うん」

「ちゃんと話せたの？　栞里さんと」

「話せるわけないだろ！　眠ってるだけなんだから！」

思わず声を上げてしまい、慌てて手で口を押さえる。

「瑛太……」

「ごめん。もう帰ろう」

足早に廊下を歩き出す。明日香が黙ってそのあとをついてくる。

図書館から二十分もバスに揺られてここまで来たのに、栞里の病室にいたのは、ほんの数分だった。


バスを降りた停留所で明日香と別れると、瑛太はひとりで近所の広場に立ち寄った。

空はもう真っ暗だ。今日は夕飯当番だったが、とても家に帰る気分ではない。

「いったい、どうなってるんだよ……」

考えても考えても、わけがわからなかった。

重い足を引きずるようにして、左側のブランコに腰かけた。もちろんこの時間、広場に人影はなく静まり返っている。

遠くで救急車のサイレンの音が、どこか寂しく響いていた。

「栞里……」

さっき見た、病室の光景を思い出す。

病気のせいで、太陽の日差しを浴びられなかったという栞里。学校にもほとんど行けず、その代わり図書館にはよく来ていて……。

「だからあの図書館に、現れたっていうのか？」

栞里の強い想いが、生霊となって図書館に向かって……それで俺の前に現れた？

「でもなんで……俺なんだ？」

あの図書館には、栞里のいとこである早紀だっているのだ。現れるとしたら、瑛太よりも早紀の前だろう。

「あー、わっかんねぇ！」

頭をぐしゃぐしゃとかいて、首を振る。思い出すのは栞里の言葉。

『私は、瑛太くんが野球をやってる姿を見たい』

うつむいて、膝の上で両手をぎゅっと握りしめる。

『そして応援したい。青空の下で、大きな声を出して、思いっきり』

「そう言ってたじゃないか。なのに、なんで……」

三か月間も、眠り続けていると言っていた。余命わずかとも……。

栞里が目を覚ますことは、もうないのだろうか。

「そんなのって……ない」

目の奥が熱くなって、足元にぽたりとしずくが落ちた。瑛太は奥歯を噛みしめると、濡れた地面をスニーカーで強く払った。

君に読む物語

「おとといは、その……付き合ってくれて、ありがとうな」

週明けの放課後、隣のクラスに行って明日香を呼び出し、そう言った。明日香は瑛太の前で驚いた顔をして、一歩後ずさった。

「瑛太……素直すぎて、なんか怖い」

「いや、引くなよ。いろいろ迷惑かけたよなぁ、なんて、マジで思ってるんだから」

「あんたに迷惑かけられたのは、今に始まったことじゃないでしょ？　もう慣れてるよ」

明日香は両手を腰に当てて言った。

「で、どうするの？」

「え？」

「栞里さんのこと。これからどうするの？」

瑛太は一度うつむいてから、顔を上げて明日香に伝えた。

「俺、今日も病院に、行ってみようと思う」

明日香が黙って、瑛太を見ている。

「この前は逃げるように帰っちゃったけど、もう一度ちゃんと、栞里に会いたいから」

昨日の日曜日、丸一日考えて出した答えだ。

どうしてこんなことが起きたのかは、いまだにまったくわからない。だけどあの図書館で栞里が瑛太の前に現れたのは、なにか意味があるのではないかと思ったのだ。

「そっか」

明日香が瑛太の前でうなずいた。

「そうだね。そうしなよ。今日はひとりで平気？」

「ああ、ひとりで行く」

「わかった。行ってきな」

明日香に力強く背中を叩かれる。

きっと明日香だって、まだわけがわからないままだと思うけど……こうやって瑛太の決めたことを、黙ってあと押ししてくれるのは、昔から変わっていない。

「明日香」

「うん？」

首を傾げた明日香に告げる。

「栞里のこと、自分でちゃんと納得したら、話がある」

「は、話？」

なぜか顔を赤くしている明日香に、瑛太は続けた。

「ああ、明日香と、部活のみんなに。これからのこと話したい」

「あ、そっか。そっちね。わかった、わかった」

明日香が手で、頬をパタパタ扇ぎながらそう言った。

「じゃあ、またな」

瑛太はそんな明日香に小さく手を振る。

「うん。行ってきな！」

大げさなほど手を振っている明日香に背中を向けると、瑛太は校舎の外へ走り出した。

学校を出たら、瑛太はまず図書館へ向かった。

館内に入ると真っ直ぐ二階へ向かい、読みかけの本を本棚から引き出す。そしてそれを持って、貸出カウンターへ向かった。

「瑛太くん……」

カウンターには今日も早紀がいた。瑛太は本を早紀に渡す。

「この本、借りたいんです」

顔を上げた早紀に、瑛太は言う。

「栞里さんと一緒に読んでた本だから。病院に行って、一緒に続きを読みたいんです」

「え……」

早紀は驚いた顔をしていた。しかし真剣な表情の瑛太を見ると、手続きを始めた。

「栞里は本当にこの図書館で……瑛太くんに会ってたのね」

「はい。この前病院で確信しました。病室で眠っていたのも、ここで俺に会っていたのも、どっちも栞里さんなんです」

信じられない話だけど、本当にそうなのだ。

「そう」

早紀はそれだけつぶやくと、瑛太に本を渡し、泣きそうな顔で微笑んだ。

「栞里によろしくね」

瑛太は黙ってうなずき、図書館をあとにした。


バスに二十分揺られて、大学病院へ向かった。エレベーターで七階まで行き、おととい と同じ病室へ行く。

ドアの前に立つと、瑛太は大きく深呼吸をした。そして静かにノックしてから開く。

病室の中は昨日と同じだった。閉ざされたカーテンの部屋で、栞里が眠っている。室内に響くのは、機械の音だけ。

「栞里……」

ゆっくりとベッドに近づいた。目を閉じた栞里の顔が、瑛太の瞳に映る。

やっぱり普通に寝ているだけのように見える。体を揺さぶれば、起きてくれそうな……。

『もう三か月くらい、眠ったままなの』

瑛太はぎゅっと手のひらを握ると、覚悟を決めて口を開いた。

「栞里、本を持ってきたよ」

　もちろん返事はない。

　瑛太はリュックの中から、借りてきた本を取り出した。そしてその表紙を、栞里に見せる。

「ほらこれ、借りてきたんだ。続きを読もうと思って」

　やはり返事はない。胸の奥がぎゅうっと苦しくなる。

　瑛太は泣きたくなるのをこらえながら、ページを開いた。クローバーのしおりが挟んであるページだ。

「俺が、読んでやるよ」

　近くにある椅子を、ベッドのそばに引き寄せた。そこに腰かけ、栞里の顔をそっと見る。

　目を閉じてはいるけれど、やっぱり図書館でこの本を読んだ、栞里に間違いなかった。

　瑛太は軽く咳ばらいをすると、小さく声を出して本を読み始めた。部屋に響く機械的な音の中に、瑛太の声が重なる。

　ものすごく照れくさくて、ものすごく不思議な気分だった。でもきっと、栞里は聞いてくれていると信じていた。

　雨の降り続くベランダ。ふたりで並んで座ったベンチ。瑛太に体を寄せ付けるようにして、夢中で本を見下ろしていた栞里。

読みたかったんだろ？　ずっと。

でも魂だけでは、本を手に取ることができなくて。そんなとき出会った瑛太にだけは、なぜか栞里の姿が見えた。もしかして他の人からは、瑛太がひとりでしゃべっているように思えたのかもしれない。

そういえばそんなに大声を出したつもりはなくても、よく周りの人に顔をしかめられていたっけ。

だけど栞里にとって瑛太は、一緒に本を読んでくれる、都合のよい存在だったに違いない。

どうして俺なのかはわからないけど……。

でもそれでよかった。栞里のためにしてあげられることがあれば、なんでもしてあげたいと思っていた。

最初は照れくさかった瑛太だったが、次第に物語の世界に入りこんでいった。

ページは残りわずか。クライマックスを迎えていた。瑛太も夢中だったが、きっと栞里が隣にいても夢中になっていただろう。

そんな姿を想像してから、ちらりとベッドの上を見る。栞里はやっぱり目を閉じたままだ。

声が震えそうになってしまうのをこらえて、続きを読もうとした瑛太の耳に、ドアを軽くノックする音が聞こえた。

「栞里ちゃーん、あら？」

入ってきたのは点滴の袋を持った、ベテラン風の女性看護師だった。瑛太は慌てて本を閉じる。

「栞里ちゃんのお友だち？」

「あ、えっと……まぁ、そんなもんです」

看護師はにこっと微笑むと、栞里に向かって声をかけた。

「よかったわねー、栞里ちゃん。お友だちが来てくれて」

その声を聞きながら、やっぱり胸が痛くなる。

栞里が長くここに入院していること。ずっと眠り続けていること。それが痛いほど、感じられたから。

「これから診察の時間なんだけど……」

「あっ、すみません、俺はこれで、失礼します」

「あら、少し待っててくれればいいのに」

「いえ。また……来ます」

瑛太は最後にもう一度、栞里の顔を見た。気のせいか、寂しそうにしているように思える。

ごめん。続きはまた明日読むから。

そう心の中でつぶやいて、本をリュックに押し込みドアへ向かう。そんな瑛太に看護師が言った。

「来てくれてありがとうね。これからもたくさん話しかけてあげて。栞里ちゃんには、ちゃんと聞こえているはずだから」

瑛太は看護師の顔を見つめたあと、ぺこりと頭を下げて病室を出た。


帰りはバスに乗らなかった。なんとなく走って帰りたい気分だったからだ。

息を切らしながら、家のそばまで来て立ち止まる。いつもならまだ営業しているはずの両親の店が、真っ暗だ。

あれ、今日は早じまいだったっけ？

首を傾げながら、自宅の玄関の引き戸を開く。

「ただい……」

「瑛太！」

玄関に入った途端、梨花子に胸倉をつかまれた。家に帰るなりここまでされたのは、さすがに初めてだ。

よっぽど怒られるようなことを、してしまったのかもしれない。

「あんたどこ行ってたのよ！」

「きょ、今日の夕飯、俺の当番だっけ？」

「そんなことどうでもいい！」

梨花子が手を離して、泣きそうな声で叫んだ。

「お父さんが倒れたの！　さっき救急車が来て……お母さんがついていって……」

「えっ」

「どうしよう、瑛太……お父さんが死んじゃったら……どうしよう……」

気の強い梨花子の瞳から、大粒の涙がぽろぽろと落ちる。

父さんが倒れた？　救急車って……死んじゃうって……なんなんだよ！

「な、なんで病院ついていかなかったんだよ！」

「なんでって……あんたを待ってたからじゃん！　電話しても電源切れてるし！」

梨花子が泣きながら、瑛太の前に自分のスマホをつきつける。

そういえば病院に行ってたから、電源を切っていたのだ。

「あ、ごめん」

梨花子がもう一度、瑛太の胸元をつかむ。

「ねぇ、どうしよう！　瑛太、どうしよう！」

完全にパニックになっている梨花子を前に、瑛太もどうしようもなく不安になる。

「ぴょ、病院はどこ？」

「駅前の市民病院だって、さっきお母さんから連絡あった」

「じゃあそこに行こう！　駅前なら走って……いや、タクシーか。でもタクシーってどうやって呼んだら……」

そのとき、家の前で車のクラクションが響いた。そしてすぐに玄関先から声が聞こえてくる。

「おい！　梨花子と瑛太！　いるのか？」

「北斗！」

叫んだのは梨花子だ。瑛太を押しのけ、外へ飛び出す。

「うちの親から、おじさんが救急車で運ばれたって聞いて……もしよかったら、病院まで乗せてくよ」

「ありがとう！　北斗！　駅前の市民病院までお願い！」

「わかった」

北斗がうなずき、梨花子を助手席に押し込む。そしてぼうっと突っ立っている瑛太に声をかける。

「瑛太も乗れ！　鍵だけはちゃんとかけてこいよ」

「あ、は、はいっ！」

瑛太は慌てて鍵を閉めると、北斗の乗ってきた車に飛び乗った。

「もう泣くなよ、梨花子」

駅前に向かいながら、梨花子はずっと北斗に慰められていた。

「だって、お父さんが倒れるなんて……」

「命に別状はないって、連絡あったんだろ？　大丈夫だよ」

母から梨花子に入った電話によると、もう意識もはっきりしてるし、命に別状はないから、落ち着いて病院に来るようにと言われたらしい。

とりあえず安心したけど……瑛太は後部座席から、前に座るふたりを眺める。

北斗に頼りっぱなしの梨花子と、そんな梨花子を優しく励ます北斗。

なんだ、このふたり？　もしかして付き合ってるとか？

父の状態と同じくらい、このふたりのことが気になってしまう。

「もうすぐ着くからな、瑛太」

赤信号で止まったとき、北斗が振り向いて言った。

「あ、はい。ありがとうございます」

そしてちらりと周りを見まわしながら、聞いてみる。

「ていうか、この車、北斗くんのですか？　いつの間にか免許取った……」

「ちょっと瑛太！　いまそんなの関係ないでしょ！　てかあんた、お父さんのこと、心配じゃないの！」

車の中で、梨花子に怒鳴られた。

「し、心配はしてるよ。でも俺、北斗くんが運転できるなんて知らなかったし」

「夏休みに合宿で免許取ったのよ」

「よく知ってるな。もしかして姉ちゃんは、この車乗ったことあるとか？」

「う、うるさい！　いまそれ、関係ないでしょ！」

梨花子が顔を真っ赤にして、怒っている。泣いたり怒ったり、忙しい人だ。

「まあまあ、きょうだい喧嘩はやめろって」

信号が青になり、北斗がアクセルを踏む。父のいる病院は、もうすぐそこだ。

「でもあいかわらずだな、ふたりとも」

北斗の声が、瑛太の耳に聞こえてくる。

瑛太は黙って、頼もしい北斗の後ろ姿を見つめていた。

車を駐車場に停めると、三人で病室へ向かった。

長い廊下を歩きながら、瑛太は栞里のいた病院を思い出す。

病室に入るなり、梨花子が叫んだ。そしてベッドの上に座っていた父に向かって、駆け寄る。

「お父さん！」

「梨花子」

「お父さん、大丈夫なの？」

「ああ、もう大丈夫だ。心配かけて悪かったな」

梨花子がまた子どもみたいにわんわん泣き出して、父が頭を撫でている。その横では母が穏やかに微笑んでいて、瑛太と北斗に向かって言った。

「瑛太。北斗くんも……心配かけちゃったわね。今のところ落ち着いているから、おそらく過労だろうって」

「過労……」

瑛太は深く息を吐いた。とりあえず、命に係わる病気ではなさそうだ。

白いベッドで目を閉じたままの、栞里を思い出す。もし父が、栞里のようになっていたら……いや、いつ、誰が、突然倒れて眠ったままになったとしても、おかしくはないのだ。

「よかったです。でも気をつけないといけませんね」

「ありがとう、北斗くん」

母の声に、梨花子が涙声で言う。

「北斗くんね、私たちを車で乗せてきてくれたの」

「それは悪かったね。心配かけてすまなかった」

「いえ」

北斗が父と母としゃべっている。幼いころから仲のよかった北斗は、柚原家とは家族同然の付き合いなのだ。

「じゃあ、俺は車で待ってるから」

北斗はそう言うと、瑛太の背中をぽんっと叩いた。

「瑛太。お父さんと話してこいよ」

そして病室を出ていく。

「瑛太」

父が瑛太に笑いかけてくれた。もともと丈夫なほうではないが、気のせいか、ずいぶんやせた気がする。自分のことで頭がいっぱいで、両親のことまで気にかけてあげられなかったことを反省する。

「念のため、二、三日入院して、検査を受けることになったんだ。悪いけど、店は母さんに任せようと思うから……」

「店のことなんか、どうでもいいだろ」

瑛太は父のそばに近づいて言った。

「店のことより、自分の体を心配しろよ。母さんも」

視線を母のほうへ向ける。

「ひとりで頑張らなくていいからさ。たまには店休んで、ふたりでゆっくりしたら？」

「は？　あんたがそれ言う？」

父のそばで泣いていた梨花子が口を挟んだ。

「たいした手伝いもしないで、お父さんとお母さんに迷惑かけてばかりでさ。こういうときだけ、わかったような口きかないでよ」

「なんだよ、それ。俺はほんとにふたりにゆっくりしてもらいたくて……」

「だったらこれ以上、お父さんに心配かけないでよね。お父さんの心労は、あんたのせいじゃないの？」

立ち上がった梨花子が瑛太の前に立ち、人差し指でその胸をつついた。

「あんたが部活に行かなくなってから、お父さんずっと心配してたんだから」

「梨花子、もういいよ」

「そうよ、こんなときに言わなくても……」

父と母が口を挟んだが、梨花子はやめない。

「あんたが本当に野球やめたいなら、それでもいいよ。私たちはなにも口出ししない。でもさ、あんたまだ迷ってるんでしょ？　未練たらしく、グラブ持ち歩いてさ」

「な、なんでそれを……」

「北斗くんに聞いたわよ」

　ふんっと鼻を鳴らして、梨花子が腕を組む。

「学校行くときだってさ、バスにも乗らず走ってるじゃん。トレーニングのつもり？　休みの日はこっそり裏庭でバット振ってるし、ちゃんと道具の手入れしてるのだって、知ってるんだからね？　本当はまだ、戻りたいって思ってるんでしょ？」

　梨花子の言葉に、なにも言えなくなった。

　以前だったら「うるせぇ」と言い返すところだが……いまはもう、瑛太だってわかっていた。

「……そうだよ」

　梨花子の前でぽつりとつぶやいた。父も母も、瑛太のことを見つめている。

「俺は戻りたいと思ってる。やめたくないんだよ、野球」

　北斗としたキャッチボールも。中学の仲間と一緒にした練習も。明日香に応援してもらった試合も。全部全部、もう一度やりたいんだよ。

「だから俺……父さんと母さんの手伝いは、あんまりできなくなると思うけど……」

「いいのよ、そんなの。瑛太は瑛太のやりたいことをやれば」

「そうだぞ？　まぁ、もともと瑛太の手伝いは、期待してなかったからな」

「ちょっと、お父さんもお母さんも、瑛太に甘すぎ！」

「そんなことないよ。梨花子だってそうだぞ？　梨花子の料理を食べられるのは父さんも嬉しいが、大学もバイトも忙しいだろうし、無理しなくていいからな」

「もう―、そんなこと言ってるから、倒れるんだよ、お父さんは！」

梨花子が文句を言って、父と母が笑っている。瑛太は小さく息を吐く。

言えた。やっと、家族に。

すると梨花子がくるっと振り向いて、瑛太に言った。

「じゃあ、明日から部活に戻るのね？　瑛太は」

「え、あ、ちょっと待って！　明日からってのは、さすがに……」

「は？　またそうやってぐずぐずしてるから、戻るチャンスを失うんじゃない！　こういうのは勢いが大事でしょ！」

「いや、俺、いま、やりたいことがあって……」

「やりたいことって、なによ？」

梨花子が瑛太を睨みつける。その視線に、ひるみそうになるけれど……。

「俺、いま、どうしてもそばにいてやりたい子がいるんだ。その子のために本を借りてあげたいし、一緒に本を読んであげたいって思ってる」

両親が顔を見合わせて、梨花子が顔をしかめた。

「なにそれ。その子って……あんたまさか、彼女いたの？」

「ち、違うよ！」

「じゃあなんなの？　部活より、その子のほうが大事だっていうの？」

「どっちが大事とか、そういうことじゃないんだよ！」

そうなんだ。もちろん部活に戻ることも大事だけど……今は栞里のそばに、少しでも長くいてあげたい。

きっとそれは、瑛太が栞里に選ばれたから。

あの図書館で栞里に気づけたのは、瑛太だけなのだから。

「まぁ、とにかくふたりとも、今日は家に帰りなさい」

母がそう言って、笑いかけた。

「お母さんは、このあともう一度、先生とお話があるから。北斗くんが待っててくれてるんでしょう？」

「そうだな。父さんはもう大丈夫だから」

梨花子がしぶしぶうなずき、瑛太もうなずいた。

両親に言われたとおり、ふたりは病室を出て、廊下を歩いた。

黙って歩く梨花子の背中に、瑛太はつぶやく。

「父さんさ、やっぱり無理してるよな」

梨花子はなにも言わない。

「いつだって仕事のことばっか考えててさ……」

瑛太は少し考えてから、思い切って言う。

「父さんってやっぱり……俺に店を継いでほしいとか、思ってんのかな」

「はぁ？」

突然梨花子が振り向いた。めちゃくちゃ顔をしかめて。

「あんたみたいな不器用な息子に、床屋継いでほしいなんて思うわけないでしょ！　あたしが客だったら、恐ろしくて絶対、あんたにはカットされたくないわ」

「そ、そこまで言うか？」

「あんたは黙って野球やってりゃいいのよ。それしか取り柄ないんだから」

梨花子の言葉が、なぜだかすごく胸に染みた。

「姉ちゃん……ごめん」

ひと気のない廊下に瑛太の声だけが響く。

「今まで、心配かけて」

梨花子がふんっと、顔をそむける。

「だったらしっかりしなさいよ」

「うん……」

「あんたには、見習うべき、すごい先輩がいるんだから」

はっと顔を上げ、外を見る。建物から出た瑛太たちに向かって、車から降りた北斗が手を振っている。

「北斗くん……」

そうか、そうだよな。

『俺は絶対、甲子園に行くんだ!』

『俺も行く!』

いつだって背中を追いかけてきた憧れの先輩が、目の前にいるじゃないか。

「俺も……北斗くんみたいになれるかな?」

ぽつりとつぶやいた瑛太の声に、梨花子が背中を向けたまま答えた。

「さあね。難しいとは思うけど、完全に無理ではないんじゃない?」

そうだよな。九回裏、ツーアウトから、逆転することだってあるんだから。

北斗に駆け寄る梨花子の背中を眺めながら、瑛太はそんなふうに思っていた。

翌日は晴天だった。誰よりも早く起きた瑛太は、着替えて外へ出ようとした。

「あれ、瑛太?　どこ行くのよ?」

寝起きの梨花子が目を丸くして聞いてくる。

「ちょっと走ってくる」

「へぇ……まぁ、三日坊主にならなきゃいいけど」

「なんねーよ」

玄関の引き戸をぴしゃりっと閉めて、外へ出た。

顔を上げると青い空が広がっていて、朝の光が瑛太の上から降り注いでいた。


住宅街を歩き、瑛太はまず近所の子ども広場に向かう。

「……いた」

ひと気のない早朝の広場で、朝日を浴びながらストレッチしている人物。

きっとここに来れば会えると思っていた。瑛太の憧れの人に。

「北斗くん」

声をかけると、北斗が振り向いた。一瞬驚いた顔をしたが、すぐに笑顔で声をかけてくる。

「なんだ、めずらしいやつが来たな」

ここは以前、北斗との待ち合わせ場所だった。小学生のころからずっと、学校に行く前、ここで北斗とウォーミングアップをしてから町内を軽く走るのだ。それは瑛太が高校一年になった、あの夏まで続いていた。

そして高校を卒業した今でも、北斗ならまだ続けているだろうと、瑛太は確信していた。

「昨日は……ありがとうございました」

なんとなく気まずくて、離れた場所から声をかける。

「いや、いいって。おじさん、早く元気になるといいな」

爽やかにそう言うと、北斗はストレッチの続きを始める。

ふたりだけの広場。朝日を浴びたブランコがキラキラと光っている。懐かしさがこみ上げてきて、でもやっぱり気まずくて、瑛太も黙ったままストレッチを始める。

このまま、昔みたいに戻れたらいいのに。毎朝北斗と待ち合わせして、一緒に走って、「またな」って別れて、学校に行って、部活に出て……。

「じゃ、お先！」

はっと顔を上げると、北斗がにやっと笑って、瑛太を置いて走り去った。

『今さら虫がよすぎるんだよ』

この前北斗に言われた言葉が頭に浮かぶ。

「……だよな」

『瑛太が部活に戻りたいって、本気で思ってるって感じられたら、付き合ってやってもいいぞ？』

北斗くんにそう感じてもらえるまで……スタートラインからやり直そう。

その日の放課後も、瑛太は栞里の入院している大学病院へ向かった。

父のことも心配だったが、母と梨花子がついている。それにさっき父にメッセージを送ったら【今日の検査、異常なし】と、絵文字入りの返事がきた。だからきっと大丈夫だろう。

七階の廊下を歩き、栞里の部屋のドアをそっと開く。中では今日も栞里が、ひとりぼっちで眠っていた。


「栞里。今日も本、持ってきたよ」

ベッドのそばに椅子を引き寄せ、声をかける。

『これからもたくさん話しかけてあげて。栞里ちゃんには、ちゃんと聞こえているはずだから』

昨日の看護師の言葉が頭に浮かぶ。

そうだ。きっと栞里には伝わっている。そしてきっと、栞里は目を覚ます。

「昨日の続きから読むよ」

機械の音だけが響く病室で、瑛太は咳ばらいをひとつして本を読み始める。

物語はラストに近づき、クライマックスを迎えていた。栞里に読み聞かせながら、瑛太もいつしか夢中になっていた。

最後の数ページは疲れていたことも忘れ、一気に早口で読み続けた。そしてラストの一行を読み終わると、瑛太はため息をついて椅子の背にもたれた。

「はぁー……よかった」

ここが病室だということも忘れ、声を漏らす。

「なんだこれ。すっげー、感動作じゃん」

そう言って、ベッドを見た。栞里は変わらず、目を閉じている。

「栞里が言ったとおりだったよ。この本、すっごくおもしろかった」

これは栞里が薦めてくれた本だから。

「ありがとう。栞里」

静まり返った部屋で、その顔を見下ろす。再び胸の奥が、ぎゅっと痛くなる。

「なぁ、栞里？」

瑛太は栞里に向かって話しかけた。

「栞里は言ってくれたよな？　俺が野球やってる姿、見たいって」

雨の降り続く図書館のベランダで、栞里は瑛太にそう言った。

「俺がもう一度試合に出れたら……栞里、見に来てくれる？」

青い空。まぶしい日差し。ずっと栞里が行けなかった場所。

現実的には無理なんだろう。でも瑛太は眠っているはずの栞里に、図書館で出会った。

ありえないことが起こった。

「だったら、栞里が目を覚まして、外に出ることだってありえるよな？」

瑛太はそう信じていた。

そのために今やるべきことを、ひとつずつやっていくしかないんだ。


そのとき、ドアの外で話し声が聞こえた。瑛太は本を閉じ、耳を澄ます。

「わかってます。でもあの子がかわいそうで……もう見てられないんです」

女の人の声だった。泣き出しそうなのか、声が震えている。

「私からもお願いしたい。栞里がこのまま目を覚まさないんだったら、つらい治療はこれ以上させたくないんです」

次に聞こえたのは男の人の声。

「今、栞里って……言った？」

どうやら廊下で、栞里のことを話しているらしい。瑛太は立ち上がり、ドアのそばへ向かう。

「お父さん、お母さん、落ち着いてください」

「でも先生！　栞里は小さいころからずっと、頑張ってきたんです。もうこのまま、楽にさせてあげたいんです」

「栞里だってそれを、望んでいると思うんです」

なんだ……それ。

瑛太はぎゅっと手を握りしめた。

よくわかんないけど、栞里の両親が医者に頼んでいるみたいだ。これ以上、栞里に治療をさせないで、楽にしてあげたいって……。

「楽にさせるって……なんなんだよ！」

なんだか無性に腹が立って、叫んでしまった。それと同時にドアを開ける。廊下に立っていた栞里の両親らしき男女と、白衣を着た医師が、驚いた顔でこちらを見ている。

「栞里はそんなこと、望んでない！」

気づけば三人の大人に向かって叫んでいた。

「誰だ？　君は」

父親らしき男性が、瑛太を見て言った。我に返った瑛太は、はっと口を手でふさぐ。だけどもう遅かった。三人が怪訝な顔つきで、瑛太を見ている。

「すみません。俺は栞里さんの……友だちで……」

「栞里の友だち？」

母親らしき女性が顔をしかめる。

「栞里に友だちなんていないわ」

「でもっ、友だちになったんです！　最近栞里さんと知り合って……」

「最近って……なにを言っているの？」

「信じてもらえないと思いますけど、俺、一か月くらい前から、図書館で栞里さんと会ってたんです」

必死に説明する瑛太を、大人たちが冷たい目で見ている。

瑛太は負けずに、三人に向かって言った。

「ら、楽にさせるってなんなんですか？　治療を打ち切るってことなんですか？　そんなこと、栞里さんが望んでるはずない」

こほんっと咳ばらいが聞こえ、瑛太の言葉を遮るように、男性が言う。

「私たちは栞里の両親だ。栞里のことは私たちが決める。だいたい君の言っていることはでたらめだ。栞里と図書館で会えるわけがない」

「そうよ。栞里はもう三か月も眠ったままなんだから」

母親は瑛太に向かってそう言うと、ハンカチで目頭を覆った。すすり泣く声が、静かな廊下に響く。

「お父さん、お母さん、あちらでゆっくり話しましょう」

医師が、母親の背中を押して歩き出す。父親は瑛太の顔を睨みつけたあと、ふたりのあとをついていく。

ぽつんと残された瑛太に、いつの間にか来ていた昨日のベテラン看護師が言った。

「あなた本当に、栞里ちゃんと会ったの？」

瑛太ははっと顔を向けて、大きくうなずく。

「はい！　信じられないけど、会ったんです。栞里はまだ、生きたいって思ってるはずなんです」

看護師は瑛太の前で優しく微笑んだ。

「そうね。私もそう思うわ」

そう言うと、瑛太の肩をぽんっと叩く。

「でもね、ご両親もつらいのよ」

看護師が、開いているドアから部屋の中を見た。栞里は廊下の騒ぎなどおかまいなしに、眠り続けている。

たしかに看護師の言うとおり、瑛太に両親の気持ちなどわからない。栞里の気持ちだって、本当はわかっていないのかもしれない。

『そうだね。私には瑛太くんの気持ちなんかわからない。きっと一生』

瑛太の気持ちを、栞里がわからないと言ったように……。

「あの……」

「はい？」

部屋に入ろうとする看護師に、瑛太は声をかけた。

「俺、明日も来て、いいですよね？」

看護師はふふっと笑って答えた。

「いいと思うよ。きっと栞里ちゃんは、君に会いたいと思ってると思う」

瑛太はほっとして、深く息を吐く。

わからなければ、わかるまでそばにいればいい。

ベッドで眠る栞里の顔をもう一度見てつぶやく。

「栞里……明日も来るから」

明日もあさっても、その次も……晴れても雨が降っても、会いにこよう。

「また本、借りてくるから」

栞里は絶対目を覚ます。いつか絶対。


翌朝はどんよりとした曇り空だった。

瑛太は誰よりも早く起き、服を着替えて外へ出た。

近所の子ども広場に行くと、今朝も北斗がストレッチをしている。

「おっ、今日も来たか」

「……おはようございます」

立ち止まって挨拶をした瑛太を見て、北斗はにやっと笑うと走り出した。

「お先！」

そう言って瑛太の頭をぽんっと叩き、広場を出ていってしまう。

「だよな」

今日も置いていかれた。

北斗の背中を見送ってから、瑛太はぶるぶるっと首を振る。

「いや、北斗くんを避けてたのは、俺のほうなんだし！」

そう簡単に、元に戻れるわけはない。

でもいつか……。

瑛太は誰も座っていないブランコを見つめながら思う。

もう一度、北斗くんに認めてもらえるような人間になりたい。

そうなるために、今、なにをしたらいいのか……。

厚く覆われた雲を見ながら、瑛太は必死に考えていた。

午後になると、ぽつぽつと雨が降ってきた。教室の窓から外を見ながら、瑛太はそわそわしてしまう。

栞里が入院しているのは事実だ。でももしかしたらまた、あの図書館で栞里に会えるのではないかと、そんな気がしてならないのだ。

授業が終わると転がるように外へ出て、図書館に向かって走った。雨は本格的に降り始めたけれど、傘をさすのももどかしくて、とにかく全速力で走った。

図書館に着いた瑛太は、階段を駆け上がりベランダのドアを開く。

ドアの向こうのベンチで、雨を見上げていた栞里の姿を思い出す。

「栞里っ……」

けれどそこに栞里はいなかった。誰も座っていない古びたベンチがあるだけだ。

瑛太は深く息を吐き、その場にしゃがみ込んだ。

わかってる。栞里がこんなところに来るはずないって。

でも生霊だろうが、自分の妄想だろうが、とにかく栞里に会いたかった。

もう一度ここで、話がしたかった。

「なんで、寝てるんだよ……」

いつまでも寝てないで、早く起きてくれよ。頼むから……。

「瑛太くん」

はっと顔を上げると、扉のところに早紀が立っていた。

「早紀さん……」

　立ち上がった瑛太の前に、早紀がゆっくりと近づく。

「栞里は……いま、ここにいるの？」

　早紀は瑛太の姿を見かけて、追いかけてきたのだろう。もしかしたら、栞里に会えるかもしれないと、思ったのかもしれない。

　瑛太は首を横に振る。

「いません。きっともうここには来ないんだと思います……」

「どうして？」

「それは俺も、わかんないですけど」

　うつむいた瑛太に、早紀が尋ねた。

「病院にいる栞里に、本を読んでくれたの？」

「あ、はい」

　瑛太はリュックの中から本を取り出す。

「これ、読み終わったから返します」

「じゃあ、返却手続きしますね」

　本を受け取った早紀に、瑛太は聞いてみた。

「あの……他になにかいい本ありませんか？」

「いい本？」

「また栞里さんと一緒に読みたいんです。なにか栞里さんが読みそうな本とか……」

少し考え込んだ早紀が、ふわっと頬をゆるめる。

「そうね。栞里は絵本も好きだったな……」

「絵本？」

「こっちに来て」

館内に入っていく早紀のあとを、瑛太は慌てて追いかけた。

階段を下りた早紀は、児童書のコーナーへ向かった。

このコーナーには、靴を脱いで上がれる広いカーペットのスペースもあり、小さな子どもたちが親と一緒に絵本を読んでいる。

早紀は絵本の棚を少し眺めてから、一冊の本を取り出した。

「この絵本、栞里が小さいころ、よく読んでいたの」

「この絵本を？」

瑛太はそっと手を動かし、早紀から絵本を受け取った。なんだか見覚えのあるような表紙だった。もしかして小さいころに、自分も読んだのかもしれない。

「きっと懐かしがると思う」

「じゃあこれ、借りていきます」

そう言った瑛太の顔を、早紀がじっと見つめている。

「あの……貸出の手続きを……」

「ああ、そうね。こちらへ」

早紀が瑛太から目をそらし、カウンターのほうへ向かっていく。

瑛太は少し首を傾げながらも、早紀のあとに続いた。


本を借りると、瑛太は栞里のいる大学病院に向かった。

今日病室に入ったら、栞里が目を覚ましていたらいい。そんなほんの少しの期待を胸に、病院の廊下を歩く。

そしていつものように軽くノックした。

「どうぞ」

返事が聞こえてぎくりとした。その声は栞里じゃない。

一瞬逃げたい気持ちが湧き上がり、瑛太はそれを振り払った。

「し、失礼します！」

そう言ってドアを開ける。白いベッドで横たわっている栞里。そのそばで、驚いた顔をした栞里の母親が座っていた。

「あなた……昨日の……」

「すみません。栞里さんのお見舞いに来ました」

母親は立ち上がると、怒った顔で瑛太のそばに来た。

「悪いけど、帰ってください」

「なんでですか？　俺、本当に栞里さんの友だちなんです」

そう言いながら、昨日のことを思い出す。

「昨日は……生意気なこと言って悪かったと思ってます。ごめんなさい。でも栞里さんが『生きたい』って思ってるはずなのは本当なんです」

「どうしてあなたにそんなことがわかるの？」

母親の声に瑛太は答えた。

「栞里さんが言ってたからです。外に出て、野球の応援がしたいって」

そうだ。だから俺は、もう一度、野球部に戻らなくてはならないんだ。

「なにを言っているの？　栞里がそんなこと言うはずない。栞里は外へ出られないんだから」

瑛太は声を詰まらせる。

たしかにそうだ。太陽の光を浴びてはいけない栞里が、球場に来たらどうなってしまうのか。瑛太にはわからない。

「いい加減なこと言わないで。お願いだから、もう帰って」

母親に体を押される。瑛太は仕方なくそれに従った。

「わかりました。今日は帰ります。でもこの本だけ、置いていってもいいですか？」

瑛太は絵本を取り出し、母親に差し出した。

「図書館で借りてきた……栞里さんがよく読んでいた絵本です」

「栞里がよく読んでいた……」

母親は絵本を受け取り、黙り込んだ。瑛太はそんな母親の前で、頭を下げる。

「また明日、来ます」

しかしそんな瑛太を、母親が引き止めた。

「待って」

そして栞里の枕元にあったものを、瑛太に見せる。

「これが落ちていたの。病室に」

「あっ」

それは四葉のクローバーのしおりだった。昨日本に挟んであったのを、落として帰ってしまったのだ。

「それは……栞里さんのです。図書館で一緒に読んでた本に、栞里さんが挟んでくれたんです」

らだ。

瑛太はちらっと母親を見た。「いい加減なことを言うな」と、また怒られると思ったか

でも母親はじっとしおりを見つめてから、ぽつりと言った。

「そうね……これは栞里のものよ」

瑛太の耳に母親の声が響く。

「小さいころ、私が四葉のクローバーを探してきてあげたら、すごく喜んでくれて。押し花にして、一緒にしおりを作ったの」

母親が顔を上げて、瑛太を見た。

「あなた……栞里に会ったって本当なの?」

「はい。本当です」

「……信じられない」

そうだろう。瑛太だって、いまだに信じられないのだから。

すると母親が、ぽつりとつぶやいた。

「信じられないけど……あの子、図書館が大好きだったから……眠っている間もずっと、行きたいと思っていたのかもね」

そして瑛太が借りてきた絵本をそっと撫でる。

「この絵本も、栞里が気に入ってた本なのよ。きっとあなたが借りてきてくれて、喜んで

ると思うわ」

そして絵本を瑛太の胸に押しつけると、病室のドアを開けた。

「私、先生とお話ししてきます。あなた、もう少し、栞里と一緒にいてあげて？」

「え……いいんですか？」

「あなたは栞里にとって、初めてのお友だちだから」

母親は寂しそうに微笑むと、病室から出ていく。

瑛太の頭に昨日聞いた、看護師の言葉が浮かんだ。

『でもね、ご両親もつらいのよ』

瑛太はその背中に、黙って頭を下げた。


ベッドの横の椅子に腰かけ、瑛太は栞里の顔を見た。今日も変わらず、栞里は眠り続けている。

「栞里」

瑛太は借りてきた絵本の表紙を見せた。

「この本、よく読んでたんだって？　早紀さんに聞いたんだ」

もちろん返事はこない。瑛太はぱらりとページをめくった。やっぱり見たことのあるような絵だ。

「俺も……この本読んだことあるのかな？」

何気なく栞里に聞いてみる。

「なんて、栞里が知ってるはずないか」

あまり学校には通えなかったという栞里。家はどこなのか知らないが、たぶん学校は違うだろう。たとえ同じだったとしても、学年が違えば知り合う機会はほぼない。

「俺のことなんか、知るはずないもんな」

ほとんど自宅か図書館で過ごしていた栞里と、外で野球ばかりしていた瑛太とでは、接点がなさすぎる。

「絵本……一緒に読もうか？」

絵本を読むのなんて、本を読むより久しぶりだ。ちょっと照れくさかったけど、いつものように咳ばらいをひとつしてから、瑛太は文字を読み始めた。

静かな病室に響く、瑛太の声。ぱらりとページをめくる、かすかな音。

次々と現れる色鮮やかな絵を眺めながら、瑛太は懐かしい気持ちに包まれていた。

やっぱりこの本……読んだことあるかも。

「どこだったかなぁ……」

思い出せそうで思い出せない。でもなぜか、それを思い出さなければいけないような気がする。

瑛太は絵本を読みながら、ずっとそれを考えていた。

「ただいま……」

玄関を開けると、家の中がやけににぎやかだった。揚げ物のいい香りも漂ってくる。

「なんだ？」

瑛太が首を傾げて居間に入ると、そこには両親と梨花子、それになぜか北斗までが、テーブルを囲んで食事していた。

「あら、瑛太、おかえり」

「おう、帰ったか、瑛太」

「と、父さん。もう退院できたの？」

「ああ。検査もすべて異常なかったからな。もう帰っていいってさ」

「だから今日は退院祝いのパーティーなの。梨花子が全部用意してくれてね」

テーブルの上には山盛りの唐揚げの他に、寿司や豪華なケーキまでのっている。

「あんた、帰ってくるの遅いんだよ」

文句を言っている梨花子を見る。隣に座っている北斗が、瑛太に「よう」と手を上げる。

「あの……なんでここに北斗くんが？」

「あら、北斗くんにもお世話になったじゃない？」

母の声に梨花子の声が重なる。

「そうよ。あ、北斗くん、もっと唐揚げいっぱい食べてね」

梨花子がかいがいしく、北斗の皿に肉を盛りつけている。瑛太はじっとその様子を見つめて、心の中でつぶやく。

絶対付き合ってるだろ？　このふたり。

「でも北斗くん。これからも瑛太のことを頼むよ」

突然父が言い出して、瑛太はぎょっとした。

「瑛太、野球部に戻りたいそうだから」

「と、父さん！」

思わず叫んだ瑛太を見て、北斗がふふっと笑う。

「やっと本心をおじさんに話したんですね」

「そうなのよ、北斗くん。瑛太って、ほんと、世話が焼けるでしょう？」

北斗の隣で梨花子が口を挟む。

「そうだな。でもおじさんに頼まれたら、ほっとけないよ」

北斗がそう言って笑ってから、瑛太の顔を見る。

「とりあえず……あとでキャッチボールするか？」

胸の奥が、じんわりと熱くなった。瑛太は慌てて顔をそむける。

「俺、手、洗ってくる」

「は？　なに言ってんの、瑛太！　そこは『よろしくお願いします！』でしょ！」

梨花子の怒鳴り声と、北斗の笑い声を聞きながら居間を出た。

洗面所に行き蛇口をひねり、水道の水を思いっきり顔にかける。

『とりあえず……あとでキャッチボールするか？』

北斗に言われた一言が、嬉しくてたまらない。

それはまるで幼いころ北斗に「キャッチボールしないか？」と誘われたのと同じように。

「やべぇ……泣きそう……」

でも泣いている場合ではないのだ。まだなにも、始まっていないのだから。


夕食を食べたあと、北斗と一緒に外へ出た。途中、北斗は自分の家に寄って、グラブを取ってきた。

「じゃあ、行くぞ。いつものところ」

「……はい」

北斗になんとか認めてもらえて、キャッチボールができるというのに、子ども広場に近づくにつれてテンションが急降下していく。

「どうした？　瑛太。もしかしてビビってんのか？」

「ビ、ビビってなんかないっす！」

「ふうん？」

にやりと笑った北斗に顔をのぞき込まれ、瑛太は白状する。

「すみません。ちょっと……いや、かなりビビってます」

図書館の近くの公園で、転がってきたボールを投げ返そうとしたのにできなかった。あの夏の、あの一瞬が、どうしても頭に浮かんできてしまって。

「ははっ、素直でいいぞ？」

笑っている北斗を見ながら思う。あの試合で、一番ショックを受けたのは北斗くんたちだったはずなのに……一番俺のことを恨んでてもいいはずなのに……。

「ほら、瑛太」

気づくといつもの広場に来ていた。立ち止まった瑛太の手に、北斗がボールを渡す。

「投げてみろよ」

北斗が何歩か後ろに下がった。ふたりの距離は、ほんの二メートルほどだ。

瑛太はボールを握りしめた。その瞬間、いろんなことが頭に浮かび上がってくる。

「なにも考えないで、とにかく投げろ！」

北斗がグラブを上げた。瑛太は思い切って顔を上げると、ふわっとボールを放り投げた。

「ナイスボール！」

北斗の声に、瑛太は顔をしかめる。

「どこがナイスボールなんですか。こんな近くで投げて、子どもの遊びじゃないんだから」

「いいんだよ、それで」

北斗が軽くボールを放った。瑛太はとっさに、それをキャッチする。グラブに、懐かしい感触が伝わってくる。

「いきなり元に戻れるわけないだろ？　一年以上もサボってたやつが」

「う……」

「初心に戻って、最初からやり直せ」

北斗がまた後ろに下がった。瑛太との距離が少し遠くなる。

「投げろ。瑛太」

瑛太はゆっくりと肘を上げる。そしてさっきよりほんの少し強く、ボールを投げた。

パシッといい音が響いて、白いボールが北斗のグラブに収まった。

「いいぞ、瑛太！　その調子！」

北斗がボールを投げ返してくる。その声や姿が、小さいころと重なった。

まだ瑛太が野球を始めたばかりのころ。なにもできない瑛太にボールの投げ方から教えてくれたのは北斗だった。

瑛太がどんなに下手くそでも、物分かりが悪くても、北斗は嫌な顔ひとつせず教えてくれたのだ。キャッチボールだって近い距離から、だんだん長い距離へ、少しずつ少しずつ、こうやって……。

瑛太は北斗のボールをキャッチした。

「ナイスキャッチ！」

北斗が叫んで、また後ろに下がる。瑛太は北斗に向かって、ボールを投げる。

あれ、なんだ、これ？

もう野球なんて、やりたくないと思ったのに。つらくて、苦しくて、見るのも嫌だったのに。二度と昔には戻れないと思ったのに。

『瑛太。あとでキャッチボールしよう』

『うん！　する！　北斗くんと、キャッチボールする！』

あのころの気持ちが蘇ってくる。ただ投げるのが楽しくて、捕るのがおもしろくて、北斗と投げ合うのが好きで、もっと野球をやりたいと思っていたあのころの気持ちが……。

「あっ……」

捕ろうとしたボールが、瑛太のグラブをはじいた。後ろに転がっていくボールを見ながら、あの瞬間が蘇る。

「悪い、瑛太！　ミスった！」

「いえ……」

ボールを取りに走る。心臓の音がうるさい。誰もいないはずなのに、みんなが自分を責めているような気がする。

瑛太はボールをつかむと、その場にしゃがみ込んだ。息がなんだか苦しい。

キャッチボールしただけでこんなふうになってしまうなんて……俺、ほんとに、野球なんてできるのか？

情けない気持ちでいっぱいになり、立ち上がることができない。

「瑛太」

ぽんっと頭を叩かれた。顔を上げると、北斗が穏やかな表情で見下ろしている。

「今日は帰るか？」

「え、でも、まだ来たばかりだし……」

「いきなり元に戻れるわけないって言っただろ？　ゆっくりでいいよ」

瑛太の手からボールを受け取り、北斗が歩き出す。

いいのか？　それで。

『あの子、余命わずかって言われてて……』

突然、早紀の言葉が頭をよぎった。それと同時に図書館で会った、栞里の顔を思い出す。

『私は、瑛太くんが野球をやってる姿を見たい』

そうだ。栞里がそう言ってくれたんだ。もうこれ以上、だらだらしている時間なんてない。

「北斗くん！」

立ち上がり、北斗の背中に叫んだ。

「俺、まだできます！　いや、やらせてください！　もっとやりたいんです！」

振り返った北斗が、瑛太の顔を見た。

「俺、もっと……北斗くんと野球がやりたい」

じっと瑛太を見つめていた北斗が、にやっと笑ってこう言った。

「お前のそういうところ、嫌いじゃないよ」

第五章

君の一番好きな本

翌日の昼休み、食事が終わった瑛太はひとりで教室を出た。ざわつく廊下を歩き、おそるおそる隣のクラスをのぞいてみる。

しかし、にぎやかな教室の中に明日香の姿はなかった。

「いないのか……」

どうしてこういうときに、いないんだよ。会いたくないときには、ちょろちょろ現れるくせに。

空席になっている、明日香の席を眺めながら考える。

いや、違う。明日香はいつだって俺のことを考えてくれてたから。だからあんなにしつこいくらい、つきまとってきて……。

「瑛太？」

突然背中に声がかかり、びくっと震える。ゆっくりと振り向くと、明日香が数人の男子生徒を引き連れて立っていた。中学から一緒にやっている、野球部メンバーだ。

「なにやってんのよ？　こんなところで」

「あ、明日香こそ……」

「あたしは新チームのミーティングをしようと思って。もうすぐ秋季大会始まるしね。てか、うちのクラスになにか用？」

不審な目で見られて、瑛太は仕方なく口を開く。

「俺は……明日香に話があってきたんだよ」

「あ、あたしに？」

一瞬驚いた顔をしたあと、明日香ははっと我に返り、いつもの偉そうな態度に戻った。

「ふうん？　部活を辞めた瑛太くんが、野球部マネージャーのあたしになんの用かしら？」

「くっ……」

こいつ、わざと言ってんな？

むかっとした気持ちを静めて、瑛太は深く息を吐く。それから真っ直ぐ明日香たちのほうを見て、はっきりと告げた。

「明日香。それからみんなにも、聞いてほしい。今さらこんなこと言って、ふざけんなって思われるかもしれないけど……俺、野球部に戻りたいんだ」

言った。みんなに言えた。

明日香を始め、部員たちが瑛太を見ている。心臓がドキドキして、吐きそうだ。

視線が怖い。反応が怖い。なんて言われるか怖い。

でももう、逃げたくない。

「今まで、みんなのこと避けててごめん。俺が弱かったんだ。戻るのが怖くて……いろんな言い訳ばかりして、ずっと逃げてた」

だけど昨日、北斗とキャッチボールをしてわかったのだ。

「でも俺、またみんなと野球がやりたい。野球が好きなんだ」

瑛太はみんなの前で、思いっきり頭を下げた。

「お願いします！　もう一度、俺を野球部に入れてください！」

騒がしい廊下が、一瞬静まり返った気がした。すべての音が聞こえなくなって、自分の心臓の音だけが激しく響く。

頭を下げたまま、時間だけが過ぎるのを感じていた。このまま永遠となにも言ってもらえなかったら、俺はどうなってしまうんだろうと思ったとき、聞き慣れた声が聞こえた。

「だってさ。どうする？」

あまりにも軽い言葉を耳にして、瑛太は慌てて顔を上げた。見ると明日香が、部員たちのほうを向き様子を窺って(うかが)いる。

「そうだなぁ……」

最初に口を開いたのは、中学のとき一番仲がよかった智也(ともや)だ。智也のポジションはセカンドで、瑛太はショート。中学時代、ふたりは最強の二遊間コンビと言われていた。

「たしかにふざけんなって感じだよな。俺たち、瑛太にさんざん無視されたしな」

智也の言うとおりだ。なにも反論できない。

「ごめん……」

つぶやいた瑛太の声に、別の部員の声が重なる。エースピッチャーだった和真だ。

「そうそう、あんなに戻ってこいよって声かけたのにさぁ」

「ほんとに……ごめんなさい」

もう謝るしかない。頭を下げ続ける瑛太に、また別の声がかかった。

「それでも俺たちは、瑛太が絶対戻ってくることもわかっていた」

「え？」

顔を上げると、一番体の大きい宗一郎が言った。頭脳派キャッチャーの宗一郎は、新チームの主将に選ばれたと聞いている。

「わかってたんだよ。最後にはこうやって、お前が泣きついてくるってことは」

宗一郎がなんでもお見通しといった顔つきで、ふんっと鼻を鳴らす。智也と和真も、いつの間にかニヤニヤ笑っている。

「そういうこと。俺たち何年、お前と付き合ってるんだよ」

「それに北斗先輩からも、頭を下げられちゃったしな」

「えっ、北斗先輩が？」

驚いた瑛太に智也が説明する。

「ああ、この前、部活に来てくれたときさ。いつか瑛太が戻りたいって言ってくると思うけど、そのときは話だけでも聞いてやってくれって。受け入れるかどうかは、お前たちの気持ち次第だけどって、な？」

部員たちがうなずいている。

そんな……北斗くんが、そこまでしてくれたなんて。

瑛太はぎゅっと両手を握りしめ、みんなに言った。

「俺、なんでもする！　球拾いでも、草むしりでも、グラウンド整備でも、なんでも！」

「そんなの当たり前でしょ！」

明日香が瑛太の頭を小突く。

「本気で戻りたいと思うなら、下級生のつもりで頑張りなさいよ」

「は、はい」

素直にうなずいた瑛太に向かって、宗一郎が言った。

「わかった。新キャプテンとして、お前の気持ちは受け取っておく」

そして言い聞かせるように、瑛太に話す。

「だけどそれは、俺たちの意見っていうだけだ。他の二年や後輩や監督が、お前の復帰を認めてくれるとは限らない」

「わかってる」

瑛太は顔を上げて、宗一郎たちに言った。

「他のみんなや、監督の前でも、今の気持ちをちゃんと話す。戻れたとしても、みんなと同じことはできないってわかってる。それでも俺、もう一度野球ができるなら……」

それだけでいい。

四人がうなずいてくれたのを見て、瑛太の胸が熱くなる。

廊下にチャイムが響き渡った。昼休みがもうすぐ終わる。

「てか、昼休み終わっちゃったねぇ」

「ああ、瑛太のせいでミーティングできなかった」

「俺たちの邪魔をした罰として、放課後ジュースおごれよ」

「えっ、なんだよ、それ！」

「さっきなんでもするって言っただろ？」

「ジュースおごるとは言ってない！」

廊下でかつての仲間と、普通に会話している自分が信じられなかった。

あんなにみんなを避けて、ひどいことをしたのに。

廊下で別れ、部員たちがそれぞれのクラスに戻っていく。その背中を見送りながら、瑛太は心の中で大事な仲間に感謝する。

「でも瑛太」

ふと隣を見ると、明日香がまだ残っていた。ちょっと眉をひそめて、周りに聞こえないよう小声で言う。

「栞里さんのことは、大丈夫なの？」

明日香の前でうなずいた。

「大丈夫。部活もやって、栞里にも会いにいく」

「まだ……眠ったままなんだよね？」

「ああ。でもいつか起きたとき、俺が野球をやってる姿を見てもらうために、しっかりしないと」

明日香は少し悲しそうな顔をしたあと、いつもの笑顔で、瑛太の背中をばんっと叩いた。

「じゃあ、しっかりしろよ！」

「いって……」

あははっと明るく笑ってから、明日香が言った。

「でも不思議だね。なんで瑛太は図書館で栞里さんに会えたんだろう」

「それは俺もわかんないけど……たぶんなにか理由があるんだと思ってる」

明日香はうなずくと「じゃあ、またあとで」と手を振った。

瑛太も軽く手を振って、明日香の背中を見送った。

その日の放課後、瑛太は久しぶりに野球部の部室に向かった。

予定では、今日は部活が休みだったが、宗一郎の号令で急遽部員たちが集まることになったのだ。もちろん瑛太の話を聞くために。

瑛太は一、二年生と監督の前で、今の気持ちを話した。

今までの自分は、なんでもできると思い上がっていたこと。

それなのにミスをして、周りの反応が怖くなり、ずっと逃げていたこと。

先輩たちや同期の仲間には、いっぱい迷惑をかけてしまったこと。

でも今、もう一度野球をやりたいと……いや、ずっとやりたいと思っていたこと。

自分の気持ちを伝えるのは苦手な瑛太だったが、何度も言葉に詰まりながら、必死に頭で考えて口に出した。

同期の仲間も後輩も、そんな瑛太の声を黙って聞いてくれた。

きっとすべての部員が納得してくれるとは限らないだろう。瑛太のことを、よく思わない人間だっているはずだ。

でもそれでいい。それが当たり前だから。

ただそれでも、もう一度この部に受け入れてもらえるなら、最初からやり直すつもりで頑張ろうと思った。

瑛太の頭の中に、それぞれの顔が浮かぶ。

負けたまま、引退してしまった北斗くん。女子だからという理由で、仲間と試合ができない明日香。病気になってしまったせいで、太陽の下を歩くことができない栞里。

だけど俺は違う。俺はまだ、できるじゃないか。

「お願いします！　この部でもう一度、野球をやらせてください！」

そう言って、頭を下げた。

わずかにざわつく部室。微妙な空気が流れているってわかる。その中にひとりの声が響く。

「瑛太はこう言っているが、お前らはどう思う？」

長年この部の監督をしている蕪木（かぶらぎ）だった。かなり年配で、見た目は厳しそうだが、なにかを決めるときは必ず部員たちに意見を聞く。そしてその意見を尊重してくれる人だった。

「一緒に野球をやるのは俺じゃない。お前らだからな」

そう言って部員を見まわしてから言った。

「まぁ、本人の前では言いにくいだろうから、文句のあるやつはあとで宗一郎に伝えておけ。以上、今日は解散。さっさと家に帰って休むように」

「はい！」

部員たちが答えて、ばらばらと散らばっていく。部室から出ようとした監督を、瑛太は引き止めた。

「監督！　あのっ……」

振り返った監督の顔は、やはり厳しい。瑛太は姿勢を正した。

「俺のわがままで……ご迷惑おかけしました！」

頭を下げた瑛太に監督は言う。

「俺は迷惑なんかかかっておらんよ。お前がいてもいなくても、チームは成り立つ」

「……はい」

「でも再入部したいというやつを拒む理由もないからな」

監督が一歩瑛太に近づく。ドキッとした瑛太の肩を、大きな手でぽんっと叩かれた。

「俺はうらやましいよ。お前たちが」

瑛太は以前聞いた話を思い出す。高校で野球をやっていた監督は、将来有望と言われながらも怪我(けが)で野球ができなくなり、夢をあきらめたと言っていた。

ここにもひとり、やりたくてもできなかった人がいたのだ。

監督がもう一度瑛太の肩を叩き、歩き出す。瑛太はその背中にもう一度頭を下げる。

この一年間と少し、甘ったれていた自分をぶん殴りたい気分だった。

部室から出てきた智也たちにつかまり、みんなに無理やりジュースをおごらされたあと、瑛太はバスの停留所に向かった。栞里の病院に行くためだ。

しかしタイミングが悪かったのか、バスはなかなか来ないし、乗車しても渋滞でちっとも進まず、乗っている時間がもどかしくて仕方なかった。

一秒でも早く、栞里に会いたいのに。

病院に着くと、素早くエレベーターに乗り込み七階で降りる。そこで今日は本を借りてこなかったことに気づく。

「あー……でも今日は無理だ」

病室の前へ行き、ノックしてからドアを開けると今日も栞里は眠っていた。その顔を見た途端「今日もまた目を覚まさなかった」という気持ちと、「今日もまたここにいてくれた」という気持ちが複雑に交ざり合う。

「栞里……」

そっと近づき、その顔を見下ろして言う。

「ごめん。今日は新しい本、借りてこられなかった」

もちろん栞里の反応はない。

「でも今日は俺、少しだけ前に進めた気がするんだ」

だから栞里も早く起きて。一緒に太陽の下へ行こう。

心の中でつぶやいてから、リュックを開けて、絵本を出した。早紀に薦めてもらって、借りたままの栞里のお気に入りだった本だ。

「この本、もう一度読もうか？」

瑛太は椅子に腰かけ、絵本を開く。それだけでどこか懐かしい気持ちになる。

やっぱり俺、どこかでこの絵本、読んだことあるんだ。

呟ばらいをしたあと、小さな声で、栞里に語りかけるように本を読む。カーテンの外では、いつしか音もなく、雨が降り始めていた。

翌朝は、雨が上がっていたが、どんよりとした曇り空だった。

瑛太はいつもよりさらに早く起きて、子ども広場に向かう。誰もいない広場でストレッチをしていると、北斗が現れた。

「おっ、早いな？」

「おはようございます！」

大きな声で挨拶すると、北斗が笑った。

「昨日、部活のみんなに話したんだって？」

「えっ、なんで知ってるんですか？」

「いろいろと情報をくれる、できるマネージャーがいてね」

明日香か。あいつ、べらべらなんでもしゃべりやがって。

「北斗くん……宗一郎たちに話してくれたんですよね？　俺のこと」

「ああ、話したよ。瑛太が戻りたいって言ってきたら、話を聞いてやれってな。煮るなり焼くなり、あとは好きにしろって言っといたが」

北斗がははははっと笑っている。瑛太はそんな北斗にぽつりとつぶやく。

「俺……北斗くんの後輩でよかったです」

「なんだよ、いきなり」

「北斗くんだけじゃなく、他の先輩たちにも、部活のみんなにも、監督にも、すっごい恵まれてて……」

瑛太の隣で北斗がうなずいた。

「そうだな。だったらこれからどうすればいいか、わかるよな？」

「はい」

今の俺ができることは、とにかく前を向いて進むこと。

「それじゃ、走るか？　一緒に」

「えっ！」

北斗の声に、思わず叫んでしまった。

「いいんすか？　俺が一緒に走っても」

北斗は軽く笑って、走り出す。

「勝手にしろ」

瑛太は慌てて、北斗のあとを追いかける。

「じゃあ、勝手にします！」

小さかったころ、こうやって北斗の背中をずっと追いかけていたことを思い出す。

厚い雲の隙間から、雨上がりの太陽がゆっくりと顔を出してきた。


走り終わって家に帰ると、瑛太は物置から自転車と空気入れを引っ張り出した。

「は？　瑛太？　なにやってんの？」

大学に行くため外に出てきた梨花子が、顔をしかめる。

「見りゃわかるだろ？　タイヤに空気入れてんだよ」

「だからなんでそんなことしてんのよ？」

「これから自転車通学しようかと思って」

「はぁ？」

梨花子が首をかしげる。

「突然どうしちゃったの？」

「自転車のほうが、いろいろ便利だから」

そうなのだ。もし部活に戻れたとしたら、帰りが遅くなる。昨日のようにバスに乗って病院に行っていたら、面会時間が終わってしまう。図書館に寄ったりしたら、なおさらだ。

それよりも自転車で図書館や病院に移動したほうが、かえって早い。

梨花子はしばらく不思議そうな顔をしていたが「まぁ、いいわ」と背中を向けた。

「お父さんたちが好きにしろって言うから、あたしは口出ししないけど。お父さんとお母さんに、心配だけはかけないでよね？」

「わかってる」

梨花子の背中が見えなくなると、瑛太は自転車のブレーキを確認した。しばらく乗っていなかったけれど、壊れてはないようだ。

「よし」

瑛太は自転車にまたがると、力強くペダルを踏み込んだ。


「瑛太！」

教室に入ろうとしたとき、いきなり声をかけられた。見ると、宗一郎たち同期の三人が、待ち伏せしていたかのように立っている。

「な、なんだよ」

昨日のことを思い出し、緊張が走る。宗一郎は黙って瑛太に近寄ると、わざとらしく、ぽんっと肩を叩いた。

「瑛太。お前の再入部を認めよう」

「えっ」

「文句言ってくるやつはいなかったし。一応、朝練のときに確認して、お前の再入部を受け入れることにした」

「あ、ありがとう」

思わずつぶやいた瑛太に、和真と智也が声をかける。

「よかったな、瑛太。ハブられないで」

「けどお前、下級生のつもりで頑張るって言ったよな？」

「え、あ、ああ」

「だったらありがとうじゃなくて、ありがとうございますだろが？」

智也が瑛太の伸ばしっぱなしの髪を、ぐしゃぐしゃとかき回してくる。

「そうそう、先輩は敬えよ」

「俺のことはこれから智也先輩と呼べ」

「は？」

「は？　じゃねぇんだよ！　ぼうっとしてないで、さっさとレギュラー取り返せ！」

智也がすっと視線をそらし、ぼそっとつぶやく。

「お前がショートにいないと、なんか調子狂うんだよ」

胸の奥がじいんっと熱くなる。そんなふうに言ってもらえるなんて、思ってもみなかった。

「でもショートの三好(みよし)、一年だけど超上手いよな」

「ああ、期待の新人だよ」

「一年間もサボってた瑛太くんが、勝てるかなぁ」

熱くなった胸を、仲間たちがぐさぐさと容赦なく刺してくる。

それに瑛太のいない間に入部してきた一年生のことも、今の野球部のことも、なにも知らないってことに改めて気づく。

これは本当に、最初からやり直さなくちゃな。

瑛太は三人の前で姿勢を正すと、頭を下げて言った。

「これからよろしくお願いします！」

三人はきょとんっと顔を見合わせたあと、おかしそうに笑い出した。

「ははっ、瑛太のやつ、マジで後輩になるってよ」

「それでいい。俺たちがしごいてやる」

「今日の放課後が楽しみだなぁ」

ああ、楽しみだ。やっとやっと、ここまで来れた。

そしてその日の放課後から、瑛太は練習に参加することになったのだ。

自転車置き場に自転車を取りに向かったころ、時刻は七時半になろうとしていた。

「やべぇ！　もうこんな時間！」

部活が終わって、片付けをしていたら、この時間になってしまった。大学病院の面会時間は八時までだ。

瑛太がかごに荷物を押し込んだとき、後ろから声がかかった。

「柚原先輩」

振り向くと、ひとりの野球部員が立っていた。ひょろっと細くて小柄だが、姿勢がすごくいい。

「俺、一年の三好です。ポジションはショート」

「……知ってる」

宗一郎たちが言っていた、期待の新人ってやつだ。

すると三好が、真面目くさった顔つきで言った。

「俺も知ってます、柚原先輩のこと。中学のとき、強くて有名だった南中野球部のメンバーで、高校に入ってすぐレギュラーに抜擢(ばってき)されて、去年の夏の大会に出てましたよね？」

もしかしてあの試合、こいつに見られてた？

「だからなに？」

気まずさを隠すために、わざと冷たく言ってしまう。

「俺、柚原先輩が部活に戻ってくることに、チームメイトとしては反対しませんけど、個人的にはあまりいい気はしません」

なんだそれ。まどろっこしく言ってるけど、結局は俺が戻ることが、気に入らないってことじゃないか。

「俺もずっと野球やってて、どうしてもこの学校で野球がやりたくて、やっとレギュラーになれたんです。だからいくら柚原先輩でも、このポジションは譲れないって言うか」

「わかってるよ」

瑛太は自転車を引き出しながら言う。

「べつにお前のポジション奪おうなんて思ってねぇよ。そんなすぐに試合に出られるわけないし」

「だからと言って、手抜きはしないでくださいよ」

「はぁ？」

「俺は正々堂々、全力でレギュラーの座を守りますから、そのつもりで」

三好がぺこっと頭を下げ「失礼します」と言って、背中を向けた。

「な、なんなんだよ、それ！」

思わず瑛太は、その背中に言い返す。

「手抜きなんかするわけねーだろ！　こっちだって本気なんだよ！　今は無理だけどな、そのうちお前のレギュラーの座っていうやつを、ぶんどってやるからな！　覚えてろ！」

しかし三好は振り向こうともせず、そのまま去っていった。

ちっと舌打ちをした瑛太の耳に、噴き出すような笑い声が聞こえてきた。見ると自転車置き場の陰に、智也たちの姿が見える。しかも和真はスマホをこっちに向けている。

「なにやってんだよ！　お前ら！」

「いや、三好がクソ真面目な顔で瑛太に声をかけてたから、なんかスポ根ドラマでも始まるんじゃないかと思って」

「いやぁ、いい動画が撮れた」

『覚えてろ！』って、アオハルかよ、瑛太」

「勝手に撮るな！」

スマホをひったくろうとしたが、背の高い和真に素早くかわされた。

「いや、これは大事な証拠映像だから」

「瑛太くんと三好くんのバトルの始まり的な？」

「ふざけんなよ……ってやば！」

もう七時半を過ぎている。早くしないと面会時間が終わってしまう。瑛太は自転車に飛び乗り、ペダルを思いっきり踏み込んだ。

「あれ、瑛太、帰るのか？」

「この動画、部員に拡散してもいい？」

「ぜってー、するな！　したら許さねーからな！」

智也たちの笑い声が聞こえる。

くそっ、あいつらみんな、めんどくせぇー！

心の中で叫びながら、瑛太は自転車のスピードを上げた。


栞里の病室に着いたのは、面会時間終了の五分前だった。

「栞里！　遅くなってごめん！　今日も本、借りてこれなかった！」

息を切らしながら入った病室で、栞里は今日も静かに目を閉じていた。

カーテンが閉じられた、機械の音だけが響く部屋。空調は管理されていて、暑さも寒さも感じられない。消毒液なのか薬剤なのか、独特の匂いが漂っている。

瑛太は息を整えてから、そっと近寄り、ベッドのそばの椅子に腰かける。

栞里の顔は、今日もすやすやと眠っているだけのように思える。すぐにぱちっと目を開いて、にっこり笑いかけてくれそうな……。

「栞里、今日、俺、部活やってきたんだ」

そんな栞里に、瑛太は話しかける。

「すごく懐かしくて嬉しくて……でも正直怖い気持ちもある」

後輩の前では強がってしまったが、本当はたった数時間の練習の中で、自分の気持ちが不安定に揺れ動いているのがわかった。

「これからどうなるかわからないけど……俺はもう逃げないから」

雨の中、行き場をなくして彷徨(さまよ)うなんてことは、もうしたくないんだ。

「だからさ、栞里も早く起きてよ」

眠り続ける栞里に話しかける。

「一緒に外に行こう。青空の下に」

館内に放送が流れた。面会時間終了のアナウンスだ。瑛太は立ち上がり、栞里に言った。

「また明日も来るから」

そしてひとりで静かに病室を出た。


それから瑛太は毎日部活に参加し、終わるとすぐに自転車に飛び乗り、栞里の病院に行くのが日課になった。

最初のうちはなんとなく気まずくて、やりにくいと思っていた練習だったが、すぐにそんなことを感じている暇もないほどハードになった。

「おい、瑛太！　なんだ、その動きは。寝ぼけてんのか？」

「もう一度、小学生からやり直してこい！」

「お前がいなくてもチームは成り立つと、言ったよな？」

蕪木監督はいい人なのだが、練習になるとめちゃくちゃ厳しい。

「お、鬼……」

「鬼って言ったな？　瑛太。　聞こえてるんだぞ？　もう一度外周走ってこい！　代わりに三好、入れ！」

「はい！」

三好が勝ち誇った顔で瑛太を見る。

くっそー、腹立つ！

さらに試合前で練習も厳しくなり、面会終了時間に間に合わないこともあった。図書館に寄る時間など、もちろんない。

「ごめん！　栞里。遅くなって……」

その日瑛太が病室に駆け込んだのは、面会時間終了の三分前だった。

「グラウンド整備してたら遅くなって……なんて、言い訳だよな。ごめん。昨日も来れなかったし」

栞里の顔を見つめて言う。もちろん返事はこない。

「本も全然借りにいけなくて、ほんとごめん……」

瑛太は息を吐いて、椅子に座り込んだ。

本好きな栞里のために、できるだけ本を借りてきてあげたいと思っているのに、それもできない。

そんなことを考えているうちに、面会時間終了のアナウンスが流れてきた。

「ああっ、もう！」

毎日部活に出ることも、栞里の病院に行くことも、どっちも大事だ。だから両立できると思っていたのに……その考えは甘かったのか？

「栞里。明日こそは、もっと早く来れるようにするから」

しかし栞里は眠ったままだ。

なんとか言ってくれよ。俺のこと、怒ってくれてもいいから。

心の中でつぶやいたとき、病室のドアが開いた。

「あら、来てたのね。でももう面会時間終わりなのよー」

入ってきたのは、あのベテラン看護師だった。

「……わかってます」

瑛太は仕方なく立ち上がり、バッグを肩にかけた。そんな瑛太に看護師が言う。

「どうしたの？　今日は元気ないじゃない？」

「そんなことないっすよ」

「お見舞いに来た人が元気なかったら、患者さんだって困っちゃうわよ。ほら、元気出して！」

看護師に背中をばんばん叩かれながら、瑛太は病室を出る。

「元気だって言ってるのに……」

最後に一度だけ振り向いて、眠っている栞里に心の中でつぶやく。

また明日も、来るから。


明日から秋の都道府県大会が始まるという前日、部活が少し早く終わった瑛太は、自転車をこいで図書館へ向かった。

図書館のまわりはあいかわらずひっそりとしていて、蔦の絡まった白い壁も年季が入った扉も、栞里と会っていたあのころと変わらない。

ただ公園の木の葉は少しずつ色を変え始め、秋の訪れを感じさせた。

「栞里がよく読んでいた本？」

「はい。この前みたいなやつ、もっと教えてください。栞里さんと一緒に読みたいんです」

今日もカウンターにいた早紀は、少し考えたあと、瑛太をまた児童書のコーナーへ案内した。

「そうね……この絵本も好きで、よく読んでたな」

早紀が懐かしそうな顔で絵本を見つめ、瑛太に差し出す。

この本も……なんだか見覚えがある。

早紀から絵本を受け取りながら、瑛太は思う。

絵本だから、保育園で読んでもらったのかもしれない。学校にあったのかもしれないし、誰かが持っていたのかも……ただ、うちにないのはたしかだ。そもそもうちには、本も絵本もほとんどない。

そんなことを考えていた瑛太に、早紀が尋ねた。

「瑛太くんは小さいころよく、この図書館に来てたりした？」

「え？　いや……俺全然、本とか読まなかったから」

「そう……」

「あー、でも小学生のころ、何回か来たことあります。友だちに付き合わされて」

「小学生のころ……」

早紀はなにかを考えているようだったが、瑛太は時間がないことに気がついた。

この本を持って、早く栞里の病院に行きたいのだ。

「ありがとうございます！　今日はこれ借りていきます！」

瑛太の声に、早紀が黙ってうなずいた。

図書館を出ると自転車をこぎ、栞里のいる病院へ向かった。

空は夕焼け色に染まっていた。街路樹は少しずつ、色づき始めている。頬に当たる風がひんやりと冷たい。

でも栞里は、こんな空気を知らないんだろう。春の日差しのぬくもりも。真夏のじりじりとした暑さも。真冬の凍りつくような北風も。

全部、全部、教えてあげられたらいいのに。

赤信号で自転車を止めた。交差点の先に、白くて大きな建物が見える。

あの建物の中の一室で、今日も栞里は眠り続けたままなのだ。

信号が青に変わる。こみ上げてきた想いをぐっと飲み込み、瑛太はペダルを踏み込んだ。


「今日はこれ、借りてきたよ」

病室へ入ると、瑛太は眠っている栞里に絵本を見せた。

「部活が早く終わったから、図書館に寄れたんだ。栞里、この本もよく読んでたんだろ？」

瑛太は栞里のそばに腰かけて、絵本を開く。ぱらぱらとめくってみると、やっぱり懐かしい気がした。

「一緒に読もうか？」

絵本から視線を上げて、栞里に問いかける。栞里のまぶたも唇も、まったく動く気配はない。瑛太は黙って最初のページを開いた。そしていつものように咳ばらいをしてから、静かに読み始める。

やっぱりこの本も、読んだことがある。

表紙を見たときにはおぼろげだった記憶が、物語を読んでいるうちに少しずつ蘇ってくる。

母に読んでもらったのか。先生が読んでくれたのか。それとも自分で読んだのか。

家で読んだのか。保育園や学校で読んだのか。それともどこか別の場所で？

肝心なところが、思い出せそうで思い出せない。

静かな部屋で、絵本をぱたんと閉じた。文字の少ない絵本は、あっという間に読み終わってしまった。

「栞里、どうだった？」

顔をのぞき込んで、聞いてみる。

「俺はなんていうか……懐かしい気持ちになった」

本の感想じゃないけれど。そういう気持ちになったんだ。

「栞里もそう思った？　昔、よく読んでたんだろ？」

眠ったままの栞里を見つめてから、瑛太は椅子にもたれた。

カーテンの向こうは見えないが、きっと薄暗くなっているはずだ。

「なぁ、栞里……」

閉じたカーテンを見つめながらつぶやく。

「明日から秋の大会が始まるんだ」

瑛太の声だけが、病室の中に響く。

「俺は一年以上もサボってたから、まだ出れないけど。でも頑張るからさ。だから栞里も
……」

ふと栞里の両親が言っていた言葉を思い出す。

『栞里は小さいころからずっと、頑張ってきたんです』

「……そうだよな」

ずっと頑張ってきた人に、これ以上頑張れなんて言えない。

「また明日も来るよ」

瑛太はそう言うと、絵本を持って立ち上がった。


廊下に出てエレベーターに乗ろうとしたとき、窓辺に見覚えのある人たちの姿を見かけた。栞里の両親だった。

そのまま立ち去ろうとして、思わず足を止めてしまう。栞里の母親が、父親に肩を抱かれて泣いていたからだ。

嫌な予感が頭の中を駆け巡り、慌ててそれを振り払う。

「あ、あのっ……」

気づけばふたりに声をかけていた。両親が振り向き、瑛太の顔を見る。

「瑛太くん……」

母親が涙を拭って、瑛太の名前を呼んだ。何度か会ううちに、名前を覚えてくれたのだ。

「今日も来てくれたのね」

「はい」

ちらっと父親のほうを見ると、瑛太をじっと見ていた。母親とは病室で何度も会ったが、父親に会うのは初めて会ったあの日以来だった。飲食店で働いている父親は、瑛太より早い時間に栞里の病室を訪れているらしく、一緒になることがなかったのだ。

気まずくなって、瑛太はぺこりと頭を下げる。

「君はこの前の子だな」

栞里の両親の前で、いきなり生意気なことを言ってしまった日を思い出す。

「あのときは……すみませんでした！」

もう一度頭を下げた瑛太の耳に、母親の声が聞こえた。

「お父さん、この子、瑛太くんっていうのよ」

「ああ、いつも栞里に会いにきてくれているんだってな？」

父親が瑛太に向かって言った。母親から聞いていたらしい。

「図書館で栞里に会ったという話は、今でも信じられないが……図書館に通っていたというのは本当みたいだな。早紀から聞いたよ」

図書館司書の早紀さんのことか。栞里のいとこだって言ってたから、早紀さんから話してくれたんだ。

「はい」

図書館で栞里に会ったのも、本当なんだけど。

「では君にも話しておこうか」

父親は小さく息を吐いてから、真っ直ぐ瑛太のほうを向いて言った。

「栞里の病状がよくなくてね。さっき担当の先生から聞いたんだ。このままもう、目覚めることはないかもしれないから、覚悟してくださいと」

「え……」

母親がまた涙を拭う。父親が静かに目を閉じる。

「このまま目覚めることはないかもって……」

瑛太は震える手を握りしめて言った。

「そんな……そんなはずはない！」

図書館で会った、栞里の笑顔を思い出す。

「栞里さんは絶対目を覚まします！　だって俺の試合、見たいって言ってたんだから」

泣き出した母親の肩を抱き寄せ、父親は言った。

「私たちもそう思っているよ」

瑛太ははっと視線を上げる。

「君にそう言ったなら、必ず栞里は目覚めるはずだ。私たちは栞里のしたいように、させてあげたいと思っている」

瑛太の胸が熱くなる。この前は治療をやめたいなんて言っていた父親が、そんなふうに言ってくれるなんて。

「母さん？　そうだろう？」

「ええ、そうよ」

母親が涙をこぼしながら、瑛太に笑いかけた。瑛太はふたりの前で姿勢を正す。

「俺、野球、頑張ります。栞里さんに応援に来てもらえるように……その日を目指して、頑張ります」

瑛太の前で、栞里の両親がうなずいてくれた。

翌日、青空の下で、秋季大会の一回戦が行われた。

グラウンドに走り出す選手たちをベンチから見送りながら、瑛太はちらりと晴れ上がった空を仰ぐ。

きっと栞里は今も、必死に病気と闘っている。このまま目覚めないなんてことはない。

瑛太はベンチから身を乗り出すようにして、グラウンドの仲間に声をかけた。

今、俺にできることはこれしかないから。今、自分にできることをやるしかないんだ。

その日、二年生が中心となった、新チームで挑んだ初試合は、見事勝利を収めることができた。

しかし大会はまだ始まったばかり。今大会で三位以内に入れば、地区大会に出場することができる。瑛太たちのチームは、野球部初の地区大会出場を目標にしているのだ。

夕方、瑛太は学校でのミーティングが終わると、自転車置き場から自転車を引っ張り出した。今からならまだ面会時間に間に合いそうだったので、これから病院に行こうと思ったのだ。

そんな瑛太に声がかかる。

「瑛太！」

振り向くと明日香が駆け寄ってくるのが見えた。

「みんなバッティングセンター寄ってくらしいけど、瑛太は行かないの？」

「俺は行くとこあるから」

「病院？」

野球部の中で、瑛太が栞里の病院に通っていることを知っているのは明日香だけだ。

「ああ」

「栞里さん……まだ目を覚まさないんだ」

「……うん」

返事をしてから、顔を上げた。日暮れが早いこの時期、空はもう薄暗い。

「早く目を覚ませばいいのにね」

明日香がぽつりとつぶやいた。

「それであたしたちの試合を、見に来てほしいね」

瑛太は自転車のハンドルをぎゅっと握りしめる。

最初は「幽霊だ」なんて騒いでいた明日香に、自分の気持ちをわかってもらえたようで、胸の奥があったかくなった。

「あのさ、栞里さんが図書館で、瑛太の前だけに現れた話だけど」

明日香もそれを考えていたのか、瑛太に言った。

「前に瑛太言ったよね？　たぶんなにか理由があるんじゃないかって」

「ああ、うん」

明日香は少し考えてから続ける。

「栞里さん、本が好きだったんでしょ？　だから本が読みたかったのかもね。それと明日香が瑛太の顔を見る。

「瑛太に……会いたかったんじゃないのかな？」

「俺に？」

明日香はうなずく。

「ねぇ、瑛太。本当に栞里さんのこと、今まで知らなかったの？」

「……うん」

「でも栞里さんのほうは、瑛太のこと知ってたんじゃないの？」

「俺のことを？」

ふと、栞里が言った言葉を思い出す。

『でも瑛太くんが元気な子ってことは知ってるよ？』

あの言葉。今思えば、昔の瑛太を知っているような感じにも聞こえる。

瑛太ははっとして、バッグの中から絵本を取り出した。図書館で借りた本を、いつも持ち歩いているのだ。

「どうしたの？　その絵本」

「これ、栞里が小さいころ、よく読んでた本らしいんだけど……俺も見覚えがあるんだよな」

「……」

明日香は絵本をのぞき込み、首を傾げる。

「あたしは知らないなぁ。こんな絵本、初めて見た。あんまりメジャーな本じゃないよね？」

もしかして俺は、これを栞里と一緒に読んだことがあるとか？

瑛太は自分の頭をくしゃくしゃとかく。

「あー、なんか思い出せそうなのに、思い出せない！」

明日香は絵本を手に取り、瑛太に言う。

「図書館で読んだんじゃない？　もしかして栞里さんと一緒に」

「図書館で？　俺が？」

小学生のころ、クラスメイトと一緒に図書館に行った。でもあのときは早く外に出たいと思っていて、本なんか読んだ覚えはない。

「あー、わっかんねー」

「記憶力悪いもんね、瑛太。英語の単語も全然覚えられないし」

「それとこれとは違うだろ！」

くすっと笑ってから、明日香は一歩後ろに下がった。

「ごめんね、引き止めちゃって。早く栞里さんのところに行ってあげなよ」

明日香の声が胸に染みる。瑛太は明日香の前でうなずいた。

「そうする」

そして自転車にまたがってから、もう一度明日香を見て言った。

「ありがとな。明日香」

明日香は少し笑って「じゃあね」と小さく手を振った。

瑛太たちのチームは順調に勝ち上がっていった。一試合勝つごとに、周囲の期待も高まっていく。もしかして今年は本当に地区大会に行けるのではと、学校はもちろん、狭い街の中にも噂は広がっていた。

だけど瑛太の気持ちは複雑だった。勝ち進めば勝ち進むほど、夏の記憶が蘇ってくる。このメンバーなら絶対に行けるという自信と、もし自分がグラウンドに立って再び失敗してしまったらという不安が、ぐちゃぐちゃに入り混じる。

そのたびに瑛太は、こんな弱気じゃだめだと自分を奮い立たせる。弱い気持ちを振り払うように、大声を上げグラウンドに声をかける。

何度もピンチを乗り越えていった瑛太たちのチームは、とうとう明日は準決勝というところまで勝ち上がった。

その日も面会時間ぎりぎりに病院に行ったあと、瑛太はへとへとになって家に帰ってきた。とにかく腹が減った。早くご飯が食べたい。

「ただいまぁ……」

その足で台所へ行こうとしたら、梨花子が立ちふさがった。

「あんた準決勝にそのボサボサ頭で行く気？　気合が足りないんじゃないの？」

「へ？」

立ち止まった瑛太の前で、梨花子が顔をしかめる。

「お父さんに髪切ってもらいなよ」

「え、今？」

「今しかないじゃん。明日試合なんでしょ？」

仁王立ちする梨花子は、髪を切るまで夕飯を食べさせてくれないようだ。仕方なく瑛太は、自宅から続いている店の中をのぞき込む。

店にはまだ電気がついていた。本当だったら閉店している時間なのに、まだ仕事しているのか？

不思議に思いながら、よく見てみると、そこには見慣れた客がいた。

「は？　お前ら、なにやってんだよ！」

そこにいたのは智也たち三人……と、なぜか三好までいる。

「なにって、俺たち客だけど？」

「おじさんに頼んで、特別に営業時間延ばしてもらったんだ」

「お疲れさまです、柚原先輩」

椅子に座った智也と宗一郎は髪をカットしている途中、三好と和真はすでに綺麗に整っていた。

「中学のときも、大事な試合の前に髪切ったら勝ったじゃん？」

「あっ」

そういえばそうだった。

中学のとき、たまたまこのメンバーで試合の前に髪を切った。そのときの対戦相手は去年の優勝校で、周りからは「さすがに無理だろう」とささやかれていた。しかし翌日、見事に瑛太たちは勝利したのだ。

「ゲン担ぎってやつだな」

「瑛太も切ってもらえよ」

にやっと笑う智也の頭が、すっきり短くカットされていく。

「先輩命令だぞ？」

「誰が先輩だよ。てか、なんでこいつまでいるんだよ」

ちらっと三好を見ると、和真が答えた。

「三好が髪切りたいって言ってたからさ。瑛太んち床屋なんだぞって教えたら、連れてってくださいって」

　瑛太は顔をしかめた。

　こいつ、俺のこと嫌いなんじゃなかったっけ？

　三好はいつものように、涼しい顔をしている。

　瑛太はちっと舌打ちをしたが、内心こんなふうに、瑛太のことを仲間と認めてくれることがすごく嬉しかった。

「瑛太。お前も切るか？」

　父が鏡越しにそう言った。母もそばで微笑んでいる。

「うん」

「おじさん、こいつのボサボサ頭、なんとかしてやってください！」

「うるせー、黙れ」

　店に笑い声が響く。

「いい仲間がいてよかったな」

　父の声に瑛太がうなずく。

「うん」

　しかし翌日の試合、強豪校と対戦した瑛太たちは惜しくも負けてしまい、決勝進出はならなかった。

夕暮れの道路を、瑛太は自転車を必死にこいでいた。やがて見えてきた大学病院に入ると、エレベーターが待ちきれず七階まで階段を駆け上がる。

この前の試合は負けてしまったが、今日の午前に再び試合があった。三位決定戦だ。これに勝てば地区大会に行けるという大事な試合。

そしてその試合、瑛太たちのチームは二対一で勝利したのだ。

それを栞里に伝えたくて。瑛太はチームが解散したと同時に、自転車に飛び乗ったのだ。

「栞里！　勝ったよ！」

栞里は今日も眠っていた。

「俺たち、地区大会に行けるんだよ！」

もちろん反応はない。

「なぁ、栞里、聞いてる？」

瑛太は栞里の顔を見下ろす。

「なんとか言ってよ……」

わかってる。反応がないことくらい。

そしてもしかしたらこのまま、栞里が目を覚まさないかもしれないってことも。

力が抜けたように、瑛太はそばにあった椅子に腰を下ろした。

なぜだか目の奥が熱くなり、慌てて手の甲でそれを拭う。

わかっていたけど、ずっとわからないふりをしていた。

栞里は目覚める。きっと目覚める。そして瑛太を応援してくれる。だからそれまで……

そう思って、今日まで必死にやってきた。

でも――。

目を閉じたままの栞里を見て、虚しくなった。

もしかしたら、このまま栞里は起きないかもしれない。起きたとしても、試合を見に来るなんて、どう考えても不可能だ。

「くっそ……」

背中を丸めて、頭を抱える。

回復を信じてここまで来たけど……瑛太の中で、なにかがぷつんっと切れた音がした。

自転車を押しながら、とぼとぼと住宅街を歩いた。今日の試合結果を聞いた両親が、家で喜んで待ってくれているとわかっているのに……なんとなく帰る気になれない。

子ども広場の端に自転車を止め、薄暗い広場に足を踏み入れた。ぼんやりと灯る街灯の灯りに、ブランコがぽつんと照らされている。

瑛太は左側のブランコに腰かけ、夜空を眺めた。暗くなった空には、いくつかの星が瞬いている。

冷たい風が頬を叩く。いつの間にか秋は深まっていた。

「瑛太?」

ふいに声をかけられ、顔を上げる。

「北斗くん……」

少し驚いた顔をした北斗が、すぐに笑顔で駆け寄ってきた。

「なにしてんだよ、こんなところで」

「いや……べつに」

「今日の試合見てたぞ? やったじゃないか!」

背中をぽんっと叩かれたが、瑛太は苦笑いを返しただけだ。

「なんだよ。嬉しくないのか?」

瑛太は首を横に振る。

「嬉しいっすよ。嬉しいに決まってます」

「じゃあなんでそんなに暗いんだよ?」

北斗が首を傾げて、瑛太の隣のブランコに腰かけた。ギイッと錆びた音が、誰もいない広場に響く。

瑛太は深く息を吐くと、ぼそっと口を開いた。

「俺、いま、気になってる子がいて」

「気になってる子？」

北斗の声に瑛太がうなずく。

「その子のためになにかしてあげたいと思ってるんだけど、俺じゃなんにもできなくて……」

眠ったままの栞里。なにもできない自分。考えると、情けなくなってくる。

瑛太はうつむいて、頭を抱える。

「自分で自分が……嫌になる……」

いや、最初から無理だったんだ。逃げてばかりの俺が、栞里のためにしてあげられることなんてなにもない。

だいたい医者でもないのに、病気の栞里にしてあげられることなんて、あるはずないじゃないか。

しばらく黙っていた北斗が、ブランコを揺らして立ち上がった。

「瑛太！　キャッチボールしないか？」

「え？」

顔を上げると、街灯の灯りの下で北斗がにっと笑った。

「グラブ持ってるんだろ？　実は俺も持ってるんだ。やろうぜ？」

「え、なんで……」

「いいから。ほら、立って！」

腕をつかまれ、強引に立ち上がらされる。

「早く準備しろ」

北斗にせかされ、仕方なく瑛太はグラブを取り出した。

薄暗い街灯の下で、北斗とキャッチボールをした。

「俺さ」

ボールを軽く投げながら、北斗が言う。

「中学のとき、落ち込んでたことがあって」

「え？」

北斗から、そんな言葉を聞くのは初めてだった。北斗はいつだって完璧で、どんなときも冷静で、弱いところなんて見たことがなかったから。

「部活内のもめごととか、なかなか上達しない自分自身とか、なんだか頭の中がぐちゃぐちゃになっててさ。どうしたらいいのかわからなかった」

瑛太は黙ったまま、キャッチしたボールを北斗に投げ返す。

「そんなときさ、小学生だった瑛太に言われたんだ」

「え、俺?」

「ああ。『北斗くん、キャッチボールしよう』って、のんきな顔してさ」

北斗がははっと笑って、ボールを高く放り投げる。瑛太は慌てて空を見上げて、ボールを受け取った。

「最初は『なんだこいつ』って思ったけど……でもボールを投げ合ってるうちに『まぁ、いっか』なんて思い始めて……」

瑛太はもう一度ボールを投げる。北斗が手を伸ばし、それを受け取る。

「なんていうか……お前のおかげで、元気になれた」

瑛太は呆然と北斗の顔を見つめた。北斗は嬉しそうに笑っている。

「だからさ、お前の知らないうちに、誰かを元気づけてるかもしれないってこと!」

北斗がそう言って、少し強いボールを投げた。瑛太は素早くそれをキャッチする。

そして北斗の言った言葉を、頭の中で繰り返す。

『お前の知らないうちに、誰かを元気づけてるかもしれないってこと!』

そんな……そんなことは……。

「なんにもできないなんてことはないだろ?　きっとその子だって、瑛太に元気づけられてるはずだ」

瑛太は握ったボールを見下ろした。

こんな俺でも、栞里を元気づけてあげられているのだろうか。

「瑛太！」

北斗が笑って、グラブを上げた。瑛太はボールを強く握りしめると、北斗に向かって、思い切りボールを投げた。


翌日は雨が降っていた。今日の部活は休息日だ。でも明日からはまた、地区大会に向けて厳しい練習が始まる。

瑛太は傘をさし、並木道を歩いた。街路樹は、赤や黄色に色づいている。水たまりには、落ち葉がいくつか浮かんでいた。

濡れた傘を閉じ、木製の古い扉を開けて図書館に入った。なんとなく、栞里に初めて会った日を思い出す。

あのころは、こんなふうになるとは思ってもみなかった。

小さく息を吐き、階段を上った。足を踏みしめるたび、あいかわらずぎしぎしと音が鳴る。二階に着くと、一番奥の扉を開きベランダに出た。

しとしとと降り続く雨の音。しっとりと湿った空気。

今日もそこに栞里はいない。ここで栞里と本を読んだのが、ずっと昔の出来事のように思える。

瑛太はベンチに腰かけた。本当は本を返して、すぐに病院に行こうと思ったけど、なんとなくここに座っていたかったのだ。

「栞里……」

『そして応援したい。青空の下で、大きな声を出して、思いっきり』

あの日、栞里はそう言った。きっと栞里はあきらめていない。きっと外へ出たいと思っているはずだ。

だからまだ、俺もあきらめたらだめなんだ。

そう思ったとき、ドアが開いた。

「瑛太くん」

そこに立っていたのは、本を胸に抱えた早紀だった。

「瑛太くん。この絵本、覚えてない？」

「え？」

瑛太は早紀から差し出された絵本を見下ろした。いつものように、見覚えはあるのだが……。

「あんまり……覚えてないです」

「そう。もう十年くらい前だもんね」

表紙を見つめ、早紀は懐かしそうに微笑む。

「十年くらい前って……どういう意味ですか？」

首を傾げた瑛太の前で、早紀が答えた。

「私ね、思い出したのよ。十年くらい前、私が司書になりたてのころ、ここでおはなし会があってね。そのときこの絵本を読んだんだけど、そこに瑛太くんも来てたと思うの」

「えっ」

十年前といえば、保育園か、小学校に上がったばかりのころ。俺はここに来たことがあったのか？

「よ、よく思い出しましたね……」

「瑛太くんのこと、どこかで見たことのある子だなぁって、ずっと考えてたの。瑛太くん、あのころからあんまり変わってなかったし」

早紀がくすっと笑う。

変わってないって……それは喜んでいいことなのか、よくないことなのか？

悩む瑛太の前に、もう一度早紀は絵本を差し出す。

「この本ね、栞里の一番好きな本なの」

「栞里の？」

つぶやいた瑛太の耳に、早紀の声が聞こえる。

「この絵本を栞里に……読んであげてくれるかな？」

顔を上げると、早紀と目が合った。早紀の目がかすかに潤んでいる。

瑛太はそっと手を動かし、早紀から絵本を受け取った。

「栞里は……喜んでくれますよね？」

「え？」

早紀が不思議そうな顔で瑛太を見る。

「俺なんかでいいのかなって思うけど……きっと喜んでくれますよね？」

早紀が小さく笑って答えた。

「喜ぶに決まってるじゃない」

早紀の声が耳に聞こえる。

「栞里は瑛太くんと本が読めて、嬉しいと思うよ？」

瑛太は早紀の顔を見た。早紀は泣きそうな顔で微笑んでいる。

「読んであげたいと思います」

瑛太の声に、早紀がうなずいた。

「ありがとう。じゃあ下の貸出カウンターで待ってるね」

早紀が瑛太を残して、館内に戻っていく。瑛太は手に取った絵本を、もう一度見下ろした。

「俺、この本、読んでもらったことあるのか？」

そっとページをめくる音が、雨の音に交じって消えていった。


雨の中、バスに揺られて大学病院へ向かった。

しっとりと濡れた景色の中に、栞里のいる病院が見えてくる。

エレベーターを降り、廊下を歩く瑛太に看護師が声をかけてきた。

「あら、こんにちは、瑛太くん」

「こんにちは」

しょっちゅう来ているせいか、看護師にまで名前を覚えられてしまった。

「今日は早いのね」

「はい。練習が休みで」

「地区大会行くんだって？」

「ああ、はい。俺はベンチですけど」

「十分すごいよ。栞里ちゃんと一緒に、応援してるからね」

肩をぽんっと叩くと、看護師は瑛太に笑いかけて行ってしまった。

「栞里ちゃんと一緒に……か」

瑛太は軽くノックしてから、病室のドアを開く。

栞里は今日も眠っている。瑛太はそっと近づき、バッグの中から絵本を出した。

「栞里」

絵本の表紙を栞里に見せる。

「今日はこの本、借りてきたよ。一番好きな本なんだって？」

栞里の返事はない。瑛太はそばの椅子に腰かける。

「一緒に……読もうか？」

雨の降り続く、図書館のベランダ。寄り添い合うように、座ったベンチ。瑛太のめくる本を、栞里が夢中でのぞき込んできた。

静かであたたかい、ふたりだけのあの時間が、瑛太は好きだった。

絵本のページを開く。見覚えのある絵に、ふと幼いころの記憶が蘇る。

『あの絵本、私の一番好きな本なの』

瑛太の隣に座っている、幼い女の子。髪が長くて肌の色が白くて、黒いワンピースを着ている……。

「栞里？」

つぶやいた瑛太を見て、女の子がにっこりと微笑む。

静かな図書館の児童書コーナー。あれはまだ、瑛太が小学校に上がる前。雨の降る中、母に連れられてこの図書館に来た。

その日は司書のお姉さんが絵本を読んでくれる日で、カーペットの上には何人かの子どもが集まっていた。そして瑛太は、隣に座っていた女の子と仲よくなったのだ。

『ふうん。おもしろいの？』

『すっごくおもしろいよ』

女の子は微笑んで、お姉さんが読み始める本を嬉しそうに眺めていた。

おはなし会が終わったあとも、そのままカーペットの上に座って、女の子は本を読み始めた。さっきお姉さんが読んでくれた本だった。

『また読んでるの？』

『うん。何回読んでもおもしろいよ』

瑛太が突っ立っていると、女の子が言った。

『私がもう一回、読んであげる』

女の子に言われるまま、瑛太は隣に座った。膝の上に絵本を広げ、まだあまり字が読めなかった瑛太のために、女の子は一生懸命絵本を読んでくれた。

二回目でも、瑛太はわくわくした気持ちで女の子の声を聞いていた。物語の世界に入りこみ、主人公になりきると、先が気になって、ページをめくるのがもどかしいほどだった。

あのころの気持ちを——どうして忘れていたんだろう。

『どう？　おもしろかった？』

『おもしろかった！』

瑛太は女の子に向かって言った。

『もっと他に、おもしろい本ない？』

あれから何日か図書館に通って、女の子にお薦めの本を教えてもらった。ふたりで一冊の本を、寄り添うようにして読んだ。女の子が読んでくれる、優しい声が好きだった。

だけど、北斗に野球を教えてもらうようになった瑛太は、だんだん図書館には行かなくなり……あのころの記憶は、霧のようにぼやけていった。

あの子が栞里だったんだ。

幼いころ——そうだ、今から十年くらい前。瑛太はあの図書館で栞里と本を読んでいた。


ふと、なにかが動いた感触がして、目を開けた。

気づけば瑛太はベッドの布団に顔を伏せて、眠ってしまっていた。

「……夢？」

ゆっくりと体を起こして、目をこする。ぼんやりとした視界が、次第にはっきりしてくる。

カーテンの閉まった窓。白い壁。規則正しく動き続ける機械や点滴。そしてベッドの上で眠っているのは……。

「え……」

瑛太を見つめている、薄茶色の瞳。

「栞里？」

瑛太もその瞳を見つめ返す。

「あ、お……」

瑛太は思わずつぶやいた。

「おはよう」

瑛太を見つめる栞里の頬が、かすかにゆるんだ気がした。

栞里が……目を覚ました。奇跡が起きたんだ。

「お、おじさんとおばさん……いや、先生……看護師さんか？　と、とにかく誰か呼んでくるから……」

慌てて立ち上がったせいで、ベッドの上に置いてあった絵本が落ちた。

「あ……」

瑛太はそれを拾い上げると、目を開いている栞里に見せた。

「思い出したよ、俺……」

栞里はじっと、絵本を見つめている。

「栞里が俺に……この本を読んでくれたんだよな？」

そんな栞里の顔が、じんわりとぼやけていく。

「栞里はそれを覚えていて……だからあの図書館で、俺の前に現れてくれたんだよな？」

他の誰でもない、瑛太だけの前に。

栞里が穏やかに微笑んだように見えた。瑛太は泣きそうになるのをこらえて、栞里に言う。

「待ってて！　今誰か呼んでくるから！」

瑛太は枕元に絵本を置くと、急いで病室を飛び出した。


栞里が目覚めたことを、医師は奇跡だと言った。

駆けつけた両親は喜んで、栞里の体を抱きしめ涙をこぼしていた。

だけど栞里があとわずかしか生きられないことに、変わりはなかった。

「残りの時間、栞里さんに好きなことをさせてあげてください」

医師は栞里の両親にそう伝えたという。

君と青空

「えっ、栞里さんが目を覚ましたの？」

「うん」

翌日の土曜日、瑛太は練習が始まる前に明日香に報告した。

「よかったぁ……ねぇ、今度あたし、お見舞いに行ってもいいかな？」

「え、ああ、そうだな……」

明日香が不思議そうな顔で、瑛太を見る。

「どうしたの、瑛太。またなんか悩んでる？」

「いや、そんなことないけど」

栞里が目を覚ましたときは、本当に嬉しかった。だけど栞里があとわずかしか生きられないという現実は変わらないのだ。

「じゃあ、栞里さんに見に来てもらえるね？　あたしたちの試合」

明日香の言葉にはっとする。

「それは……」

言葉に詰まった瑛太の背中を、明日香がぽんっと叩く。

「しっかりしなさいよ！　栞里さんに応援に来てもらいたくて、今まで頑張ってきたんでしょ？」

瑛太は顔を上げて、明日香を見る。

「栞里さんだって、瑛太の試合を見たいって言ってくれたんでしょ」

「……ああ」

「だったら誘ってみなよ」

「簡単に言うなよ」

「簡単になんか言ってないよ」

明日香が真剣な目で瑛太を見ている。瑛太はごくんと唾を飲む。

「瑛太だって、簡単な気持ちで、野球部に戻ったわけじゃないんでしょ？」

そうだ。どんなことがあっても、もう逃げないって、そう思って……。

「だったらしっかり、栞里さんと向き合いなさいよ」

瑛太は気づいた。自分がまた、逃げようとしていたことに。

ぎゅっと手のひらを握りしめ、明日香の前でうなずく。

「うん。わかった」

明日香がじっと瑛太を見ている。

「明日香、いつもありがとな」

瑛太の前で、明日香がいつものように笑った。

練習が終わると、栞里の病院に向かって自転車を走らせた。

だけど今日はいつもとは違う。栞里はきっと目覚めているはず。

昨日はすぐに医師や看護師が集まってきて、あれきり栞里に会うことはできなかった。

でも今日は話ができるかもしれない。

自転車を自転車置き場に止めながら、ふと考える。

あれ、でも俺が図書館で話した栞里って、ここにいる栞里と本当に同一人物なのか？

もしあっちが、俺だけの幻想だとしたら……見知らぬ男が病室にいるなんて、キモくないか？

「うわー、ヤバい。どうしよう……」

廊下で頭を抱えた瑛太に、看護師が声をかける。

「あら、瑛太くん！　いま、栞里ちゃん、起きてるわよ」

「え……」

「お話しできるようになったから。会ってきたら？」

急に心臓が騒ぎ始める。ぎこちなくうなずいて、瑛太は栞里の病室へ向かった。

あんなに毎日のように訪れていた病室なのに、今日は入るのにものすごく緊張した。

震える手でドアをノックすると「はい」とかすかに返事が聞こえた。

栞里の声だ。

ゆっくりとドアを開く。白い壁に囲まれたいつもの病室。両親の姿はない。

ベッドの上に少し体を起こして、こちらを見ているのは、間違いなく図書館で出会った栞里だった。

「栞里……」

思わずつぶやいて、はっとする。

栞里は俺のこと……そう思った瑛太の耳に、小さな声が聞こえた。

「瑛太くん」

名前を呼ばれ、胸の奥がじんっと熱くなる。

瑛太は急いで、ベッドに駆け寄った。

「お、俺のこと、わかるの？」

栞里が小さくうなずく。

「俺たち……図書館で会ったよな？　雨の日にベランダで、一緒に本を読んだよな？」

瑛太の声に、もう一度栞里がうなずいた。

やっぱりあれは、俺だけの幻想なんかじゃなかったんだ。

じわっと目の奥が熱くなった瑛太に、栞里の声が聞こえた。

「ずっと……夢を見てたような気持ちだったの。図書館に行ったり、病室に戻ったり……ふわふわあちこちを、彷徨ってるみたいだった」

栞里の目線が、枕元に置いてあった絵本に移る。

「この本……瑛太くんが読んでくれたんでしょう?」

瑛太は何度も首を縦に振った。

「うん! 栞里が好きな本だって、早紀さんが教えてくれて……俺の声、聞こえてた?」

「聞こえてたよ。ありがとう」

照れくさいけれど、すごく嬉しい。今までしてきたことは、間違ってなかったんだ。

瑛太はゆっくりとベッドに近づき、そばの椅子に腰かけた。そして栞里に向かって言う。

「俺たち……小さいころも、図書館で会ってたんだな?」

栞里が静かにうなずいた。

「だから、俺の前に現れてくれたんだろ?」

「うん。私も会えたときはびっくりしたけど……」

やっぱりそうだったんだ。栞里の強い想いが、俺たちを図書館で引き合わせてくれた。

「私にとって瑛太くんは……初めてできた友だちだったから……」

栞里が恥ずかしそうにつぶやいた。

ほとんど学校に行けなかった栞里にとって、図書館で出会えた瑛太は、大事な友だちだったのかもしれない。

それなのに、自分はすっかり忘れていて……申し訳ない気持ちでいっぱいになる。

「あー、ほんとに俺、バカだ。なんですぐに思い出さなかったんだろう」

「仕方ないよ。瑛太くん、まだ小さかったし」

あのころ瑛太は保育園に通っていて、栞里は小学一年生だった。ただでさえその年代の一年は差が大きい上に、外を飛び回っていただけの瑛太と違って、読書好きだった栞里は、しっかり者だったんだと思う。

そしてそのころの栞里の記憶が、たまたま図書館に立ち寄った瑛太の前に、魂を引き寄せ……いや、もしかしたら瑛太が図書館を訪れたのも、偶然ではなかったのかもしれない。

瑛太は最後に栞里を見かけた、図書館の階段を思い出す。

「でも最後に会ったとき、なんで逃げたんだ？　俺のこと……怒ってた？」

ドキドキしながら聞いてみると、栞里が答えた。

「お友だちが来てたでしょう？　私は瑛太くんとは違うから……邪魔はしたくなかったの」

「邪魔だなんて……」

「実は小学生のころも見てたの、私。瑛太くんのこと」

「えっ」

栞里は少し困ったような顔で続ける。

「瑛太くん、お友だちと一緒だった。早く外に行きたいって言いながらも、すごく楽しそ

本好きのクラスメイトに連れられて、嫌々図書館に来た、あのときだ。

「こ、声かけてくれたらよかったのに」

栞里が静かに首を振る。

「できないよ。私は一緒に外へ出られない。瑛太くんとは違うもの」

栞里はいつだって、そんなふうに思っていたのか？　自分はみんなと違うからってあきらめて、友だちのいない寂しさを心の奥に押し込めて。自分が声をかけたら迷惑になるなんて思いながら。

「でも本当は、私も連れてってほしかった。だけどそれは無理だから……いいなぁって思いながら、野球をしにいく瑛太くんの背中を見送ったの」

瑛太はぎゅっと手のひらを握ると、栞里に向かって言った。

「こ、この前一緒にいたやつ！　明日香って言って、野球部の女子マネなんだ。うるさいけどいいやつだからさ、きっと栞里の友だちになってくれると思う。今度連れてきてもいいかな？」

一気に口にすると、栞里が少し驚いたような顔をした。でもすぐにふわりと柔らかく、頬をゆるめた。

「ありがとう。嬉しい。だけど私なんかが会ってもいいのかな？」

「いいに決まってるよ！　よかったら野球部の仲間も紹介するよ。むさくるしいやつらばっかだけど」

顔を上げた栞里が、静かに微笑んだ。

「ありがとう。瑛太くん」

よかった。栞里が笑ってくれた。

こんな笑顔を、ずっと見ていたいと思った。

「こ、今度さ」

院内に面会時間終了のアナウンスが流れる。瑛太は思い切って、口にする。

「野球の試合があるんだ。俺はきっと出られないけど……でも栞里に見てほしい」

栞里が目を見開いた。

「俺に今できることを、ちゃんとやるから。その姿を、栞里に見てほしい」

本当はこんなことを言ってはいけないのだとわかっている。

栞里は太陽の光を浴びてはいけないと言っていた。今日だって病室の窓は、カーテンが閉じられたままだ。

でも栞里がそれを望んでいるならば……栞里のしたいようにさせてあげたい。

アナウンスが終わり、静まり返った部屋に栞里の声が響いた。

「うん。行きたい」

瑛太の耳に、その声が聞こえる。

「私、瑛太くんが野球をやってる姿を、見てみたい」

地区大会初戦は、好投だった和真や、ホームランを放った宗一郎などの活躍で、見事勝利を収めた。

今にも雨が降り出しそうな空の下、グラウンドに整列し、応援席に向かって頭を下げる。

「ありがとうございました！」

応援に駆けつけた学校の生徒や、ブラスバンド部、部員の家族やOBたちが、立ち上がって野球部員を讃えてくれる。

けれどその中に、栞里の姿はない。今日の試合の時間も場所も、ちゃんと伝えてあったのに、栞里は球場に現れなかった。

やっぱり無理だったのかもしれない。

拍手と歓声の響く中、瑛太は空を見上げ深く帽子をかぶった。

曇り空とはいえ、遮るもののないこんな場所に来たら、栞里の体がもたないってわかる。だけど栞里は来たいと言っていた。だから一度でいいから、外に出してあげたいと思ったのに。

仲間と一緒にベンチに走り出したとき、瑛太の背中を明日香がぽんっと叩いた。

「ドンマイ！　瑛太！」

「……なにがだよ」

走りながら首を傾げる瑛太の隣で、明日香がにっと笑う。

「栞里さんに見てもらえなくて、寂しいって顔してる」

「べ、べつに俺はそんなこと……」

「あれ？　瑛太、顔赤くない？」

むっと口を尖らせた瑛太の隣で、明日香は笑う。それから前を向いて、ぽつりとつぶやいた。

「瑛太さ……栞里さんのこと、好き？」

スタンドからの歓声と、部員たちの騒ぎ声に、明日香の声がかき消されていく。

瑛太はちらっと隣を見た。同じ帽子をかぶって制服を着ている明日香が、前だけを見て走っている。

瑛太の頭に、以前聞いた明日香の声が浮かんでくる。

『こんなの、あたしの好きな瑛太じゃない！』

まさか……まさかな？　明日香が本気で俺のことなんて……。

「ねぇっ、どうなのよ？」

突然明日香がこっちを向いた。バチッと目が合い、思わずそむけてしまったのは瑛太のほうだった。

「いや、べつに好きとかそういうんじゃ……」

とは言ったものの……実はよくわかってない。というか、考えたことがなかった。

もともと瑛太は恋愛とか男女交際とか、そういうのに疎かったたし、考えるのが面倒で考えないようにしていたっていうのもある。

「ほんとに？」

明日香がこっちを見ているのがわかる。瑛太はその場に足を止め、真面目に考えた。

栞里と出会ってから今まで、一緒にいると楽しかった。毎日だって会いたいと思うし、会えないとがっかりする。もっとたくさん話したいし、栞里のことを知りたいと思う。

もしかしてそれって……。

「俺……好きなのかな？　栞里のこと」

明日香と目が合って、微妙な空気が流れる。やがて明日香が、ため息まじりに言った。

「なにそれ？　なんであたしに聞くかなぁ？」

「いや、自分でもよくわかんなくて」

「はー、あきれた」

明日香が大げさなジェスチャーで「やれやれ」といった表情をする。

「瑛太ってほんと、野球バカだよねぇ」

「え？」

「小さいころから野球ばっかしてたから、女の子の気持ちとか、ぜんっぜんわかってない」

言い返したいけど、言い返せない。すると明日香が瑛太を見て、にっと笑った。

「でもそういうところが瑛太っぽいっていうか、あたしの好きな瑛太なんだけど」

「へ？」

ぽかんっと口を開けた瑛太の背中を、明日香がボンッと叩く。

「次勝てば、いよいよベスト4だよ！　頑張ろう！」

「お、おお……」

そして瑛太を残して走り出し、振り返って叫ぶ。

「きっと次は来てくれるよ！　栞里さん！」

もう一度いたずらっぽく笑って、明日香がベンチに向かっていく。瑛太は呆然とその姿を見送る。

よくわかんないけど……明日香は俺のこと、励ましてくれたのか……な？

「瑛太！　なにぼけっとしてんだ！　早くこい！」

ベンチの仲間から声がかかって、瑛太は慌てて駆け出した。

解散するとすぐに、瑛太は病院に向かった。今日の勝利を、すぐにでも栞里に伝えたかった。

「瑛太くん」

エレベーターを降りたとき、誰かに声をかけられた。顔を向けると、そこには早紀が立っていた。

「早紀さん」

病院で早紀に会うのは初めてだ。一瞬嫌な予感がよぎったが、早紀は笑顔で瑛太に近寄ってくる。

「試合どうだった？」

「あ、勝ちました！」

「よかったぁ」

両手を胸の前でぱちんっと合わせて、心から嬉しそうに早紀が微笑んだ。

「じゃあ、次の試合に進めるのね？」

「はい。明日です」

すると早紀が瑛太に向かってこう言った。

「明日、栞里と一緒に、応援に行くわ」

「え？」

突然のことに、声が出ない。早紀はもう一度にっこり笑って言う。

「栞里の両親と相談して、私が栞里を連れていくことになったの。瑛太くんの試合を見に」

「えっ、えっ……」

瑛太はパニックになっていた。栞里には、自分の姿をあの広い球場で見てもらいたいと思っていた。栞里も来たいと言っていた。

でも心のどこかで、それは叶わない願いなのだと思っていたから。

「ほ、ほんとに？」

「本当よ。実は今日も栞里は、行きたいって言ってたんだけどね。なかなか病院から許可が下りなくて……だけどさっきオッケーが出たの」

瑛太はぎゅっと両手を握った。

栞里が試合に来る。俺たちの試合を見るために。

でもそれがどういうことを意味するか、瑛太にもわかっていた。

きっと早紀も栞里の両親も、全部覚悟の上で医師と相談したんだと思う。

「私、談話室で栞里の両親と話してくるから、瑛太くんは栞里の部屋に行ってあげて？」

「あ、はい」

「お願いね」

早紀が微笑んで、談話室のほうへ行ってしまった。

瑛太はもう一度両手を強く握りしめると、栞里の病室へ向かって足を動かした。


いつものようにノックをすると「はい」と返事があった。栞里の声だ。

「し、失礼します……」

おそるおそる病室に入ると、ベッドの上に体を起こしている栞里がくすっと笑った。

「おかえりなさい。瑛太くん」

「た、ただいま」

ぺこっと頭を下げて、ぎこちなくベッドのそばへ向かう。

あれ、なんだこれ。そうだ、さっき明日香が変なこと言うから。

『瑛太さ……栞里さんのこと、好き？』

途端に恥ずかしさがこみ上げてくる。

くそっ、明日香のせいだ。今までこんな気持ちにならなかったのに。

でももしかして、今までのほうがおかしかったのかも。入院している女の子のもとへ、毎日のように通うのって……彼氏くらいしかありえなくね？

頭の中でそんなことを考えたら、顔が熱くなってきた。

「瑛太くん、今日行けなくてごめんね。試合どうだった？」

「あっ、えっと、勝ちました」

「よかった！　でもどうして急に敬語なの？」

首を傾げる栞里の前で、苦笑いをする。

やばい。挙動不審になってないか？　俺。

「あのね、瑛太くん」

そんな瑛太に向かって栞里が言う。

「今度の瑛太くんの試合、見にいってもいいって」

瑛太ははっとして栞里を見た。栞里は少し、照れくさそうな表情をしている。

瑛太は背筋を伸ばして言った。

「うん。さっきそこで早紀さんに会って聞いた。一緒に来てくれるんだって？」

「そうなの。お父さんが球場まで送ってくれるし、早紀ちゃんは小さいころからずっと、私のこと見ててくれたから安心なの」

瑛太は布団の上にのせている、栞里の細い腕を見た。痛々しい点滴の痕は、栞里がずっと入院していた証拠でもある。

瑛太は唇を噛んだ。

栞里には試合に来てほしい。青空の下に連れ出してあげたい。でもそうしたら栞里はどうなってしまうんだろう。

「瑛太くん」

そんなことを考えていた瑛太の気持ちを、栞里は感じ取っているようだった。

「心配しなくても、私は大丈夫だよ？」

顔を上げて栞里を見る。

「私、目が覚めてから、すごく気分がいいの。なんだか生まれ変わったような気持ち。今なら外へ出ても大丈夫な気がする」

栞里がにっこりと微笑む。

「きっと瑛太くんに、元気をもらえたおかげだね」

「そんなこと……」

栞里が瑛太に向かって手を伸ばした。その動きはひどくか弱くて、瑛太は思わずその手を握りしめた。

「私は大丈夫。自分のしたいことを、生まれて初めてすることができるの。瑛太くんの背中を、追いかけていけるの。すごく嬉しいの」

「……うん」

栞里の手が瑛太の手を握り返す。だけどその力は今にも消えてしまいそうなほど弱々しい。

「だからね、私になにがあっても、瑛太くんは絶対後悔しないって約束して？」

「え……」

「なにがあっても、瑛太くんは前だけを向いていて。絶対後ろは振り向かないで」

後ろは振り向かない。

「約束してくれる？」

きっと栞里は生まれて初めての願いを叶える代わりに、自分の命がさらに削られるかもしれないということを、言いたいのだろう。

たとえそうなっても後悔はするな、決して後ろは振り向くなと、瑛太に言いたいのだろう。

「うん」

栞里の前で、瑛太はうなずいた。

「わかった」

栞里が嬉しそうに微笑んで、ひとりごとのようにつぶやいた。

「瑛太くんなら大丈夫。きっとできるよ」

瑛太はそんな栞里の手を、ぎゅっと握りしめる。

「ねぇ、瑛太くん。あの本、読もうよ」

そう言った栞里が、枕元の絵本に視線を移した。図書館で借りたままの、栞里の一番好きな絵本だ。

「いいよ。読もう」

瑛太は答えると、絵本を手に取りベッドの上に腰かけた。膝の上でそっと開くと、栞里が幸せそうな表情でのぞき込んでくる。

図書館の雨の降るベランダ。あのベンチでもこうやって、ふたりで一冊の本を読んだ。そしてもっと小さいころも、栞里が読んでくれる本を、瑛太はわくわくした気持ちで聞いていたのだ。

瑛太は絵本から視線を動かし、ベッドにもたれる栞里を見る。絵本を読んでいたはずの栞里もこっちを見ていて、ふたりの視線がぶつかった。

「栞里」

黙ったまま、栞里が首を傾げる。

真っ直ぐ栞里の目を見つめて瑛太は言った。

「明日、勝つから」

「明日の試合、絶対勝つから」

栞里は静かに微笑んで、瑛太の前でうなずいた。

「瑛太！　今日の試合、十時からでしょ？」

地区大会二回戦の朝。家を出ようとした瑛太に、梨花子が声をかけてきた。

「市民球場でやるんだってね？　近くてよかった！」

「は？　もしかして見に来る気？」

振り向いた瑛太を、梨花子がじろっと睨む。

「なによ。あたしが応援に行ったら困るとでも言うの？」

「いや……姉ちゃんが俺の試合見に来るなんて、小学生以来だから」

「ああ、あんたが五年生のころ、空振り三振してチームが負けた、あの試合ね」

「……嫌な思い出、掘り起こすなよ」

だけどもう、後ろは振り向かない。前だけ向くんだ。

「まぁ、たまには行ってやってもいいかなって思ってさ。あとで北斗くんと行くから。絶対勝ちなさいよね？」

「北斗くんと？」

瑛太は顔をしかめて、梨花子に言った。

「なぁ、ずっと思ってたんだけど……姉ちゃんと北斗くんって、付き合ってんの？」

梨花子の顔が、わかりやすく赤くなる。

あ、やっぱりそうだったんだ。

「そ、それ、今言う？　カンケーないじゃん！」

「べつにいつ言ったっていいだろ？　ただ北斗くんも、見る目ねぇなーって思ってさ」

梨花子のこぶしが、瑛太の頭を殴る。

「あんたねー！　今日負けたら、あたしの作った唐揚げ一生食べさせないから！」

「なんだよ、それ！　横暴だ！」

「勝てばいいだけでしょ？　絶対勝ちなさいよ！」

今度は背中をバンッと叩かれた。

まったく。ひどい姉を持ったものだ。

でもひとつ、そんな姉に聞いてみたいことがある。

「あのさ、姉ちゃんは……北斗くんのことが好きなんだよな？」

「はぁ？」

こめかみをぴくぴくさせながら、梨花子が瑛太を睨んでいる。

「いや、人を好きになるってどういうものなのか、俺、いまいちよくわかってなくて」

「だからそれ、今言う？」

まぁ、そうだけど。こんな日に、する話でもないよな。

そんな瑛太の肩を、梨花子がぽんっと叩いた。

「言っとくけど、どういうものかなんて、考えても仕方ないと思うよ。気づけば好きになってた、みたいな感じでしょ？」

「姉ちゃんも、気づけば北斗くんを好きになってたってことか」

梨花子の顔が再び赤くなり、瑛太を玄関先に追い出した。

「もういいから、とっとと行け！」

そんなふたりに声がかかる。

「瑛太ー？　そんなところでなにやってるの？　早くしないと遅刻するわよ！」

母が父と一緒に玄関にやってくる。

「わかってる。もう行くよ」

「ねぇ、お父さん、瑛太の髪、短すぎない？」

「いや、そんなことないだろ？」

「でもテレビに映るかもしれないのよ？　もう少し長めのほうがかっこいいのに」

「なに言ってるんだ。このくらいでちょうどいいじゃないか。なぁ、瑛太？」

「……それ、今言う？」

瑛太はため息をつくと、バッグを肩にかけた。

「じゃあ、行ってくる」

「行ってらっしゃい！」

三人の声が重なった。照れくさくなった瑛太は、逃げるように外へ出る。

でも本当はわかっていた。両親も姉も、自分のことを心配してくれているってこと。

そして小さいころからずっと、応援してくれているってこと。

家の前の道路で顔を上げた。空は気持ちのいい秋晴れだ。

瑛太は深く深呼吸をすると「よしっ」と自分に気合を入れて、地面を蹴って走り出した。


「瑛太！　どこ見てんのよ！」

明日香の声にはっとする。

「さっきから応援席ばっか気にしてない？」

「そんなことねぇよ」

すると明日香が、みんなに聞こえないよう小声で言った。

「もしかして今日来てるの？　栞里さん」

瑛太は黙って首を振る。

「いや、来るはずなんだけど、まだ来てないみたいだ」

もしかして来れなくなったのかもしれない。なにか問題が起きたのかも。

嫌な予感が胸をよぎり、心臓がドキドキしてくる。

しかしそんな瑛太の頭に、昨日聞いた栞里の声が浮かんだ。

『なにがあっても、瑛太くんは前だけを向いていて。絶対後ろは振り向かないで』

そうだ、今は前だけを見ていなくちゃ。ベスト4をかけた大事な試合だっていうのに、よそ見してる場合じゃないだろ。

瑛太は守りについているチームメイトを眺めた。

ベンチから見える景色は、グラウンドから見える景色と違う。自分が守備についているときには気づかないことでも、目線を変えれば気づくことがある。

それを今、みんなに伝えることができるのは、ここにいる俺だけなんだ。

それともうひとつ、試合に出ていたころは、自分ひとりでやっているような気になっていた。でもそうじゃない。誰かのミスを、さりげなく他の誰かがカバーすることもあるし、レギュラーだけじゃなく、ベンチにいる仲間や応援してくれる人たち、マネージャーや監督、OB……たくさんの人たちの力でこうやって野球ができているんだ。

そんな当たり前のことさえ気づかなかったくせに、自分は上手いんだと調子に乗っていた。

キンッと金属バットの音が響く。鋭い打球が転がってショートの前へ。素早くキャッチして一塁に送球したのは、一年の三好だ。

「アウト！」

わあっと球場に歓声が響く。

「ナイスショート！」

叫んだ瑛太のもとへ、仲間たちが戻って来る。三好は智也に頭を叩かれている。

ふとその姿にかつての自分と北斗の姿を重ね合わせたとき、肩をとんとんっと叩かれた。

「瑛太！　あの子、栞里さんじゃない？」

「え？」

明日香が指さした、応援席を見る。学校の応援団とは少し離れた席に、日傘をさして、車椅子に座る女の子の姿が見えた。

「栞里……」

来たんだ。来れたんだ。

胸の奥からじんわりと、熱いものがこみ上げてくる。

今日の栞里は黒いワンピースでも入院着でもない、真っ白なワンピースを身にまとっていた。

「よかったね。栞里さんの願いがひとつ、叶ったんだ」

隣で明日香がそう言った。瑛太は黙ってうなずく。

やっと願いが叶った栞里の前で、恥ずかしい試合は見せられない。

「行くぞ！　次の回、点取っていこう！」

瑛太の声に、明日香もチームメイトも「おうっ」と声を上げた。

試合は九回表まで一対一のまま進んでいた。先攻の瑛太たちは、ここでどうしても点を入れたかったが、打者ふたりがアウトになってしまった。

次にバッターボックスに立ったのは、三好だ。

「三好くん！　行けー！」

こぶしを握る瑛太の隣で、明日香が叫ぶ。

ファウルが二回続いたあと、三好が打ったボールが内野に転がる。

わあっと響く歓声。瑛太も他のメンバーも、ベンチから身を乗り出す。

一塁に返ってきたボールとほぼ同時に、三好はヘッドスライディングで突っ込んだ。

「アウト！」

歓声とどよめきが、両方のスタンドから巻き起こる。

「三好くん！　ナイスファイト！」

明日香が声をかけた。

「いいよいいよ、次行こう！　次！」

ベンチはすぐに気持ちを切り替えたが、三好の様子がおかしい。手を押さえ、唇を噛みしめてうつむいている。

「どうした？　あいつ」

眉をひそめた瑛太たちのもとへ、三好が青ざめた顔で戻ってきた。

「指……やっちゃったみたいです……」

「えっ」

一塁ベースに手をついたとき、指がおかしな方向に曲がってしまったらしい。

「おい、大丈夫か！」

「救急箱！　いや、医務室だ！」

三好の顔がますます青ざめてくる。

これはまずいぞ。もしかして折れてるかも。

そんなことを思った瑛太の耳に、監督の声が聞こえた。

「瑛太。お前行けるか？」

「へ？」

一瞬意味がわからなかった。そしてすぐに、もう一度三好を見る。

次の回の守備に、三好は出られる状態ではない。ということは……。

「瑛太！　お前だよ！」

監督もチームのメンバーも、みんな自分を見ていることに気づいた。

もちろんベンチにいる限り、いつでも交代できるようにはしていた。でも三好の調子もよかったし、自分の出番がこんなに突然来るとは思ってもみなかったのだ。

瑛太はごくんと唾を飲んだ。そして青ざめた顔でこっちを見ている三好のそばへいく。

「三好。俺が出てもいいか？」

「……先輩しかいないじゃないですか。俺の代わりになれるのは」

瑛太はうなずいた。

「でもカッコ悪いプレーしたら、俺が許しませんからね」

「わかった」

三好が医務室に連れていかれる。その背中を見送ってから、瑛太は監督に答えた。

「俺、行けます！」

監督がうなずく。智也が背中をぽんっと叩いた。

目が合った明日香は、右手を上げてぐっとこぶしを握った。


薄暗いベンチから、光の差すグラウンドに飛び出した。

舞い上がる砂埃（すなぼこり）。応援席から聞こえる歓声。なにもかもが懐かしく感じる。

ちらっとスタンドを見上げてみた。栞里は車椅子に座って、こっちを見ている。

情けない姿は見せられない。栞里にも、三好にも、どこかで見ている北斗くんにも。

「瑛太！」

声がかかって横を向く。智也がにかっと笑って言う。

「ビビってんじゃねーよ！」

「は？　誰がビビって……」

言いかけて右手を広げる。指先が震えているのがわかる。

悔しいけれど、智也の言うとおりだ。

グラウンドに立った懐かしい感覚は、あの日の想い出まで一緒に連れてくる。

心臓がありえないほど速く動いていて、暑くもないのに汗がにじんでくる。

九回裏、相手の攻撃。ここで一点でも入れられたらおしまいだ。

「悪かったな！　こんな状況、ビビるに決まってんだろが！」

「あ、開き直った」

智也が笑った。そういえば中学のころもこうやって、瑛太が緊張するたび、智也が声をかけてくれた。あのころはいい気になっていたから、なんのありがたみも感じていなかったけど。

でも今はわかる。俺は弱くて、ビビりで、ひとりじゃなにもできないやつだってこと。

右手を握りしめ、一回大きく深呼吸をした。ふと顔を上げれば、抜けるような青空が広がっている。

ああ、いい天気だ。

グラウンドに、気持ちのいい秋風が吹き抜ける。

なぁ、栞里もそう思わないか？

瑛太は帽子をかぶり直し、前を向く。

ずっとひとりで野球をやってきた。誰かの力を借りなくたって、誰よりも上手くできると信じていた。

　でもあんなことがあって野球から遠ざかって、再び戻ってきたとき、ひとりじゃないんだってわかった。

　だからさ、栞里だってひとりじゃないんだよ。

　もう薄暗い部屋の中に、ひとりぼっちで閉じこもってなくていい。

　この広い空の下で、一緒に前を向こう。

「みんなで……絶対勝つ」

　つぶやいた瑛太の目に、和真の背中や、ミットを構える宗一郎の姿が見えた。

「ストライク！　バッターアウト！」

　和真の投げた渾身（こんしん）の一球は、バッターを空振りさせた。悔しそうにベンチに戻っていく相手チームの選手を見ながら、瑛太は額の汗を拭う。

　これでツーアウト。でも、さっきヒットで出塁したランナーは、三塁まで来ている。

　ちらっとランナーを確認してから、瑛太は唾を飲んだ。

　振り払おうと思っても、どうしてもあの夏の記憶が蘇る。

　あの日も同じ状況だった。九回裏、同点、ツーアウト。ランナーは三塁にいて、イレギュラーバウンドを処理できなかった瑛太のせいで、サヨナラ負けとなった。

誰も「瑛太のせい」とは言わなかったけど、それがかえって苦しくて……。

相手チームの四番バッターが、バッターボックスに向かってくる。

額にじわりと汗がにじむ。

ここは絶対に守らなければ。同点のまま延長戦に持ち越せば、チャンスは必ずある。

もう一度汗を拭って、息を吐く。だけど呼吸がどんどん浅くなっていく。

「くそっ……」

守らなきゃって思うのに。今度こそは絶対に守らなきゃって思うのに。

「瑛太くん！」

そのとき、自分の名前を呼ぶ声が、聞こえた気がした。

「栞里？」

応援席を見る。栞里が早紀に支えられ、立ち上がっているのが見えた。だけど多くの歓声が響く中、栞里の声が聞こえるはずはない。

「大丈夫！　瑛太くんならできるよ！」

でもたしかに瑛太の耳には、その声が聞こえたのだ。

瑛太は帽子をかぶり直して、前を向いた。

そうだ、大丈夫。今の俺ならできる。前だけを見て、今、自分のできることをする。

栞里が、そう教えてくれたから。

バッターがバットを構えた。

もう余計なことは考えない。この試合のことだけ、この回を守ることだけ、目の前のボールを受け止めることだけ考えよう。

俺にはまだ、やり直すことができるんだ。

和真が腕を振り、ボールを投げる。キンッとバットに当たった初球は、鋭くバウンドして飛んでくる。

来た！

考えるよりも早く、瑛太の体は動いていた。確実にボールを受け止め、素早く送球する。

「アウト！」

耳に聞こえる審判の声。

スタンドから、わあっと歓声が巻き起こる。

瑛太は深く息を吐く。

難しくもない、よくある普通のゴロだった。去年までの瑛太だったら、難なく処理していたはずだ。

だけど今の瑛太にとって、たった一瞬のこのプレーは、止まっていた時間が動き始める、とても大事な一瞬だったのだ。

グラウンドを走って、仲間と一緒にベンチに戻りながら応援席を見上げた。

「栞里……」

澄んだ秋の空の下、栞里が立ち上がって一生懸命手を振っている。

瑛太に向かって、満面の笑みで。

秋の風が吹き、栞里の髪と、真っ白なワンピースの裾がなびいた。柔らかい日差しが、優しく栞里を包んでいる。

瑛太は目を細め、ベンチの手前で立ち止まった。

そして誰にともなくつぶやく。

「俺……やっぱり野球が好きだ」

たくさんの人のおかげで、今ここに立っていられることを、心から幸せに思う。

それともうひとつ、やっとわかったことがあるんだ。

帽子をはずして、栞里に向けて高く上げる。

「俺、栞里のことが好きだ」

思いっきり帽子を振った瑛太の目に、栞里の笑顔が焼きついた。

それは今まで瑛太が見た中で、一番幸せそうな栞里の表情だった。

エピローグ

だいぶ日は傾いてきたはずなのに、まだじりじりとした昼間の暑さが残っている。

夏の夕暮れ。空はまだ青い。

さっきまで野球部が練習していたグラウンドは、すでに片付けも終わり、静まり返っていた。

「あれ、瑛太先輩、まだ帰らないんすか？」

部室にひとり残っていた瑛太に、三好が声をかけてきた。後ろには三好と同じ、二年生も何人か立っている。

明日から夏の都道府県大会が始まる。瑛太たち三年生にとって、最後の大会だ。

今日は体を休めるようにと監督に言われ、練習は早めに切り上げられた。

「あー、俺、この汚ねー部屋を、ちょっと片付けてから帰ろうと思って」

「は？　今から？　明日試合なのに、そんなことしてる場合ですか？」

たしかにそのとおりなのだが、なんとなくこのまま帰る気にはなれなかった。家に帰ればうるさい姉が待っているし、智也たちとつるんで帰る気分でもない。

すると三好を先頭に、他の後輩たちも言い出した。

「だったら俺たちも手伝います」

「てか、俺たちがやります」

「いやいやいや、いいから！　お前らはとっとと家に帰って、自主練でもしてろ！」

そう言って後輩たちを追い払う。

頼むからひとりにさせてくれ。今はそういう気分なんだ。

「そうっすか？」

「じゃあ、お先に」

後輩たちが帰っていくのを見届けると、瑛太は小さくため息をついた。

「瑛太先輩」

しかしなぜか三好だけが、まだそこに立っていた。

小柄だった三好はこの数か月間でぐんっと背が伸び、今にも瑛太の身長を追い抜きそうな勢いだ。

「お前……帰れって言っただろ？」

「いや、帰りますよ、このあと北斗先輩と待ち合わせしてるんで」

「は？　北斗先輩と？」

「はい。いろいろアドバイスいただいてるんです。どこかの先輩より、全然わかりやすく、的確なので助かってます」

こいつ、いつの間に北斗くんと仲よくなったんだ？　てか、どこかの先輩って誰のことだよ？

顔をしかめた瑛太の前で、三好は飄々（ひょうひょう）と言葉を続ける。

「明日の試合、レギュラー取れなかったのは残念でしたけど、瑛太先輩にだったら譲ってやってもいいです」

「あいかわらず上から目線だな」

「頑張りましょう。俺も死ぬ気で頑張ります」

「いや、死ぬ気で頑張らなくてもいいから。まぁ、楽しくやろうよ」

瑛太の言葉に、三好がキッと睨みつける。

「瑛太先輩はそこがだめなんですよ！　そういう甘いこと言ってるから、大事なところでミスるんです！」

「お前……ぐさっとくること言うな！」

「だったら明日はミスしないでください。期待していますから。一応」

三好はぺこっと頭を下げ「失礼します」と部室から出ていった。

「なんなんだよ、あいつ！」

でも三好のそういうところ、嫌いじゃない……なんつって。

誰もいなくなった部室で、瑛太は椅子に腰かけた。そしてバッグの中から、一冊の絵本を取り出す。

栞里が一番好きだった絵本だ。

去年の秋季大会。栞里が応援に来てくれた試合は延長戦にもつれ込み、結局負けてしまった。悔しくて悔しくて、試合のあと初めて、涙があふれた。

そして瑛太が栞里と話すことは、あの日以来、二度となかった。

病状が急に悪化し昏睡状態に陥った栞里は、一週間後の秋晴れの日、静かに息を引き取ったのだ。

瑛太は鼻をこすってから、絵本のページをめくる。この本は栞里の葬儀の日に、早紀が瑛太にくれた。図書館で借りた本と同じものを、瑛太のために買ってきてくれたそうだ。

『たまにはこの本を広げて、栞里のこと思い出してあげてね？』

涙声でそう言った早紀の前で、瑛太は黙ってうなずいた。

栞里のことは忘れるはずがない。いつまでも忘れない。

だけどそれは、後ろを振り返ることじゃない。栞里の思い出を胸にしまったまま、前だけを向いて進んでいく。

瑛太は栞里とのお別れの日、そう心の中で決めたのだ。

そしてその年の年末、あの図書館は閉鎖され、今はもう取り壊されてしまった。

あの優しかったおばあさんや新聞を読んでいたおじさん、幼稚園帰りの親子たちは、今ごろどうしているだろう。

あたたかくて、ちょっと切ない記憶が頭をかすめる。

「あれ、瑛太？　まだいたの？」

最後のページを読み終わったとき、部室に明日香が顔を出した。瑛太はパタンと絵本を閉じると、それをバッグにしまって立ち上がった。

「明日香、キャッチボールしようか?」

瑛太の声に、明日香がきょとんとする。

「なに、急に、気持ち悪っ」

「気持ち悪いってなんだよ! たまにはいいだろ? ほら」

瑛太が部室にあった予備のグラブを投げると、明日香が受け取った。

「よし! グラウンド行くぞ!」

「もうー、なんなのよ」

そう言いながら、明日香が笑顔を見せた。

明日香とキャッチボールをするのは久しぶりだった。中学のとき以来かもしれない。

誰もいない広いグラウンドに、向き合って立つ。ふたりの間を、夏の風が吹き抜ける。

瑛太が軽く投げたボールをキャッチすると、明日香は懐かしそうに投げ返してきた。

「ひっさしぶりだね! 瑛太とキャッチボールするの」

「だな」

「あたしも男に生まれたかったなー。そうすれば今でもみんなと野球できたのにさ」

瑛太は握ったボールを見つめてから、明日香に向かって投げた。

「でも俺は、明日香がマネージャーでよかったよ」

「え、なんで？」

ボールを受け取った明日香が首を傾げる。瑛太は少し考えてから言った。

「明日香にはいろいろ世話になってるからさ！　俺、明日香がいなかったら、きっとここにいなかったと思う！」

一瞬驚いた表情を見せたあと、明日香は強いボールを投げ返してきた。

「なによー！　気持ち悪いじゃん！」

「だから気持ち悪いって言うな！」

キャッチしたボールを、笑顔で明日香に投げ返す。

「ありがとな。明日香！」

「……バカ。あんた全然わかってない」

「は？　なにが？」

「なんでもないよ！」

明日香が空に向けて、高くボールを投げる。瑛太はそれを追いかけ、空を見上げる。

青い青い空の向こう。

栞里は今、どうしているのかなぁ、なんて、ふと考える。

「明日、絶対、勝とうね！」

明日香の声がグラウンドに響いた。瑛太のグラブに白いボールがストンッと収まる。

「おお！」

瑛太は笑って、明日香に言った。

「明日、一緒に勝とう！」

そして握ったボールを天に向けて、高く高く放り投げた。

あとがき

こんにちは。水瀬さらです。

ことのは文庫さまから、三冊目の本を出していただくことができました。

本当に嬉しく思っております。ありがとうございました。

『君が、僕に教えてくれたこと』が春、『水面の花火と君の嘘』が夏、そして今回は秋のお話です。表紙も秋らしく、しっとりとした色合いにしていただきました。

今作は古い図書館に佇む少女と、大好きな野球ができなくなった少年の物語です。

前半は雨や曇りのシーンが多く、主人公の瑛太も逃げてばかりいるので、書きながら何度「しっかりしろ！」と思ったことか。でも栞里と出会い、瑛太も成長していき、ラストの秋晴れのシーンまで連れていってあげることができました。

春、夏の物語も青春でしたが、今作が一番青春しているのではないかと、わたしは思っています。

今、青春時代を過ごしているみなさんは、自分と重ね合わせながら。すでに大人になったみなさんは、くよくよしたりキラキラしたりしていたあの頃を思い出しながら。瑛太たちの成長を見守っていただけたら嬉しいです。

そして瑛太が「ひとりで野球はできない」と気づいたように、わたしも「ひとりで本は出せない」としみじみ感じています。

担当編集の佐藤さま。今回も「秋といえば……」という企画の段階から一冊の本になるまで一緒に作り上げていくことができて、嬉しかったです。ありがとうございます！

装画を担当してくださったフライさま。毎回ラフをいただくたびに、うっとりため息が出てしまいます。かわいくて素敵なイラストをありがとうございます。

高校野球についてご協力くださった高橋さま。おかげさまで瑛太たちに、のびのびと野球をさせてあげられました。ありがとうございました。

また、マイクロマガジン社のみなさまをはじめ、この本に関わってくださったすべてのみなさま。多くの方々のお力を借りて、こうして本を出すことができました。

そして今、この本を手にしている読者さまに読んでいただけること、心より嬉しく思っております。本当にありがとうございました。

たくさんの方に感謝しつつ、これからもわたしらしい物語を綴っていきたいです。

二〇二三年十一月　水瀬さら

ことのは文庫

君と過ごした、さよならの季節

2023年11月26日　初版発行

著者　水瀬さら
発行人　子安喜美子
編集　佐藤　理
印刷所　株式会社広済堂ネクスト
発行　株式会社マイクロマガジン社
URL：https://micromagazine.co.jp/
〒104-0041
東京都中央区新富1-3-7 ヨドコウビル
TEL.03-3206-1641 FAX.03-3551-1208（販売部）
TEL.03-3551-9563 FAX.03-3551-9565（編集部）

本書は、書き下ろしです。
定価はカバーに印刷されています。

ISBN978-4-86716-492-1　C0193
乱丁、落丁本はお取り替えいたします。